살구나무에 살구비누 열리고

김륭 시집

문학동네시인선 021 김륭

살구나무에 살구비누 열리고

시인의 말

말 대신 살을 뱉는 시간이 많아졌기 때문일 것이다. 마침내 급소가 생겼다. 종잇장 위에 쪼그리고 앉아 쭈뼛쭈뼛 비가 들이치기를 기다린다. 그러니까 내가 가진 눈물은 무릎이 툭, 튀어나온 바지라고 쓴다. 요즘은 구름이 너무 자주 얼굴을 만지러 온다. 내 하나뿐인 딸에게 이 시집을 바친다.

2012년 여름
김륭

차례

짝짓기가 아니죠, 사랑은 자작극이에요

뱀의 형식

조금만 더 조금만 더, 가늘고 긴 손가락을 그림자 밑으로 집어넣은 애인은 꼬리를 잡기 위해 안간힘을 썼다 빈 병처럼 쓰러진 내 몸속으로 구불구불 흘러드는 길을 휘돌아

나는 머리, 내가 아닌 모든 당신은 꼬리, 네 개의 발을 잘라낸 우리는 가끔씩 피 흘리는 법을 잊어버린다는 소문을 지나 이미 죽은 자의 목소리

가만히 눈을 감고 들어보렴 누군가는 칼이라고 했지만 꿈틀, 우리는 서로가 숨긴 뱀을 꺼내들고 사랑을 속삭이지 길이 30～40cm에 굵기 2～3cm 축 늘어진 목구멍 가득 울음을 밀어 넣는 오늘은 밥 대신 살을 먹고 살던 시절의 후렴구다

뼈다귀탕 먹으러 가자 우린 지금 너무 인간적이잖아

팬티를 줍던 애인이 다시 뜨거워진다

슬그머니 뱀을 건넨다

눈사람을 만드는 건 불법이야

햇빛에 허를 찔려본 사람이라면
고개를 끄덕거려줄지도 몰라
눈사람을 만드는 건
불법이야, 햇빛은 언제나
어둡고 가난한 세상을 부정하고
사랑에 빠져 허우적대는 나를
팔다리가 잘린 채 암매장된
시체처럼 발굴하지만
괜찮아 나는
태어날 때부터 두 손을
가슴에 푹 찔러넣고 다니는
습관이 생겼거든
글쎄, 어디쯤에서 펑펑
울었는지 누군가 질겅질겅
씹다 버린 껌을 밟았는지 그건
꽃밭에 발자국을 숨겨놓고 사는
눈사람의 사생활
오늘도 햇빛은
얼굴이 지워진 내 사랑을
고물 자전거 펑크 난 바퀴처럼
굴리고 가지만, 괜찮아
사과를 쪼개듯 햇빛이
세상을 반으로 나누지는

못할 테고 나는
눈사람보다 더 따뜻하게
죽을 자신이 있거든

치즈

어제는 귀 없는 토끼로 살아 즐거웠고 오늘은 잠 없는 거북이로 살아 지루합니다 사실은 그 반대일 수도 있겠습니다 어제오늘의 일이 아닙니다 나는 자주 인간이 아닙니다 사랑할 수 있겠습니까? 내 몸은 살이 아니라 살구향이 나는 비누로 가득하고 정신은 포유동물의 젖으로 만든 고체 음식입니다

메스껍지 않으십니까? 동물애호가이시군요

나는 죽어서 나무가 될 테니까 너는 새가 되면 좋겠다고 말해준 여자가 저만치 날아가고 있습니다 나는 새보다 먼저 뛰어가 나무가 되어야 할까요 어제 집을 나간 정신은 오늘도 돌아오지 않고 나는 두 팔로 무릎을 싸매고 앉아 있습니다 검은 비닐봉지 가득 살을 담아 부스럭거리면 바람 또한 치즈보다 부드럽고 착한 음식입니다

내가 웃는 동안 새가 날고, 새가 하늘을 배회하는 동안 나는 빵과 빵 사이에 새의 그림자를 끼워넣고 내일을 먹어치웁니다 단 한 번도 날아본 적이 없는 그림자, 자신이 새라고 말해본 적도 없는 그림자는 북북 새를 찢어서 하늘에 버렸다고 생각할지 모르고 나는 염소나 양처럼 순한 짐승들의 허기마저 채울 수 없는 빵에 관한 마지막 질문입니다

침대 밑에 떨어진 그녀의 그림자를 빵에 발라 먹습니다

당신은 입을 너무 크게 벌리셨군요

나무가 새를 집어던지는 시간

막 학교에서 풀려난 소녀들이 재잘재잘 화장실 거울 속에 숨겨두었던 얼굴들을 꺼내고 화창한 토요일이 서둘러 그 얼굴을 반으로 나누고

랄랄라 소녀들은 머리 위의 구름 속으로, 햇살은 소녀들의 가방 속으로 가만히 손을 집어넣어 북북 책을 불사르는 시간

교문 담벼락에 붙어 있던 소년 두엇이 퉤퉤, 서로의 그림자에 침을 뱉어주거나 뒤통수를 긁적거리는 동안

나무는 하늘로 손을 뻗어 쿠키로 만든 코와 브라보콘 같은 입과 가리비 모양의 눈을 꺼내 소녀들에게 건네고 바짝 입이 마른 소년들의 머리는 실몽당이로 변하고

떡볶이집 지나 고물 자전거 옆구리에 낀 노인의 걸음걸이로 소녀들을 뒤쫓는 소년들, 햇살 엉킨 머리카락에 꽂혀 있던 어제의 빗방울들이 점점 붉어지는 한나절

새로 태어났지만 맘껏 하늘을 날 수 없는 소녀들과 새장을 부술 수 없는 소년들을 털썩, 땅바닥에 주저앉아 울어줄 수도 없는 나무의 마음 어딘가에 구멍이 생겼을 것이다

나무가 새를 집어던졌다

집으로 가는 버스를 벌레처럼 잡아 손바닥에 올려놓고 깜짝 놀라기도 하는 버스 정류장 앞에서 소녀들의 치마가 펄럭, 소년들의 그림자를 포장하는 시간

새장 같은 소녀들의 얼굴을 들고 소년들은 앞이 잘 안 보인다는 듯 눈을 비벼대고, 볼이 빨갛게 달아오른 소녀들은 손바닥으로 해를 가리고

나무가 집어던진 새를 차곡차곡 가방 속에 집어넣은 다음에야 버스에 오르는 한 무리의 소녀들과 소년들이 날갯죽지 부딪칠 때마다 덜컹거리는 하늘, 랄랄라

지붕 위에 구름을 쏟진 말아야지

개나리 소송*(訴訟)

이를테면 개나리를 대문간에 묶어놓으려는 사람이 있다 담장 너머 저만치 살금살금 오는 봄을 왈왈, 먼저 짖었다는 죄목인데, (그렇습니다 이건 개소리가 아닙니다) 봄날을 복날로 착각하는 판관도 있다

냉장고에서 꽃을 꺼낸다 지난봄 죽은 애인을 다비식(茶毘式)하기 좋은 날, 아내가 있었다면 내가 꺼낸 건 꽃이 아니라 털 빠진 개라고 텔레비전 리모컨을 집어던졌겠지만, 웬만큼 살다보면 당신 또한 알게 된다 그게 그거니까 우리 할머니 왈, 인생사 별거 있간디, 다 거기서 거기지 그러니까 노란 금배지 입술에 달고 나라 걱정 하는 인사들보다 옆집 개 짖는 소리가 다정하게 들리는 날이 있다 (그렇습니다 개소리를 개나리로 읽는 어느 시인의 말을 빌리자면 꽃은, 봄이 흘리는 말의 뼈다귀입니다) 왈왈, 하늘은 노랗게 입술은 새파랗게

이를테면 옆집 대문간에 묶어놓은 개나리가 짖는다고 소송을 제기한 사람이 있다 오지도 않은 봄을 물어뜯었다는 죄목인데, 복날을 봄날로 읽는 정치인도 있다 공부와 담을 쌓은 고3 딸이 바람난 줄 모르고, 맹렬히 꼬리 흔드는 줄 모르고

그렇습니다 이건 이천만 원이 넘는 개나리 몸값을 물어내

야 할 옆집 부부의 베갯머리송사(訟事)가 아닙니다 큰길 건
너 저만치 툭툭 살이 터져 주저앉은 봄날을 보신탕집으로
끌고 가려는 놈들이 있다

* 옆집에서 개가 짓는다고 이천만 원 소송을 제기한 이른바 '개소리 소송'을 변주하다.

구름에 관한 몇 가지 오해

1.
실직 한 달 만에 알았지
구름이 콜택시처럼 집 앞에 와 기다리고 있다는 걸

2.
구름을 몰아본 적 있나, 당신

누군가를 죽일 수 있는 단 한 번의 기회가 주어진다면 내가 내 머리에 총구멍을 낼 거라는 확신만 선다면 얼마든지 운전이 가능하지 총각이나 처녀 딱지를 떼지 않은 초보들은 오줌부터 지릴지 몰라 해와 달, 새 떼들과 충돌할지 모른다며 추락할지 모른다며 울상을 짓겠지만 당신과 당신 애인의 배꼽이 하나인 것처럼 하늘과 땅의 경계를 가위질하는 것은 주차 딱지를 끊는 말단 공무원들이나 할 짓이지 하늘에 뜬 새들은 나무들이 가래침처럼 뱉어놓은 거추장스런 문장일 뿐이야 쉼표가 너무 많아 탈이지 브레이크만 살짝, 밟아주면 물고기로 변하지

3.
구름을 몇 번 몰아본 사람이라면 알겠지만,

해나 달을 로터리로 낀 사거리에서 마음 내키는 대로 핸들만 꺾으면 집이 나오지 붉은 신호등에 걸린 당신의 내일과

고층 아파트 화장실 물 내리는 소리보다 깊은 어머니 한숨 소리에 눈과 귀를 깜빡거리거나 성냥불을 긋진 마 운전중에 담배는 금물이야 차라리 손목과 발목 몇 개 더 피우는 건 어때? 당신 꽃피우지 않고도 살아남는 건 세상에 단 하나, 사람뿐이지 왔던 길을 되돌아갈 수 있는 방법을 제대로 기억하고 있는 건 새가 아니라 벌레야 구름이란 눈이나 귀가 아니라 발가락을 담아내는 그릇이란 얘기지 잘 익은 포도송이처럼 말이야 그걸 아는 나무들은 새를 신발로 사용하지 종종 물구나무도 서고 말이야 생각만 해도 끔찍해

구름이 없으면 세상이 얼마나 소란스러울까

4.

콜택시처럼 와 있는 구름의 트렁크를 열어보면
죽은 애인의 머리통이나
쩍, 금 간 수박이 발견되기도 해
초보들은 그걸 태양이라고 난리법석을 떨지

새의 식탁

새는 맘껏 하늘을 날아다닐 수 있지만
그렇다고 발이 없는 것은 새가 아니다

오늘의 메뉴는 구두입니다

얼룩말은 제 몸의 얼룩이 다 지워질 때까지 달리고

박지성은 펄펄 등 번호가 달아날 때까지 달리고

사랑에 빠졌잖아,

우리는 발이 완전히 닳아 없어질 때까지

어디로 가야 할지 정해놓은 곳은 없지만

바람의 발바닥이 두근두근 날개로 부르틀 때까지

꽃의 나이를 캐물을 수 있을 때까지

달리고 달리겠지만

도대체 한 짝은 어디 간 거야?

포크로 발등을 찍습니다

식탁 위의 구두 한 짝이 움칠,

새를 토해냅니다

살부림

그대를 사랑한 후 알았다
단말마의 고통을 위해 필요한 건 칼이 아니라
꽃이다,
칼보다 먼 곳에 살던 꽃이 쓰—윽 걸어들어오면서
내게도 급소가 생겼다

모든 칼은 한때 꽃이었다 바람의 발바닥을 도려내던 머리맡에서 피보다 진한 눈물을 도굴했다 나는, 그대 몸 가장 깊숙한 곳에서 방금 태어났거나 이미 죽어나간 구름이다

해바라기 꽃대에 목을 꿴 그대 눈빛을 보고 알았다 바람에 등을 기댈 수 없는 꽃은 칼이 되는 법 내 사랑은 구름 속에 꽂혀 있던 당신을 뽑아 나무의 허리를 베고 새의 날개를 토막—치면서 시작된 것이다

칼로 물 베기란 붉은 살을 가진 물고기 비늘에 필사된 천지검법의 하나, 손에 피 한 방울 묻히지 않고 상대를 바닥에 눕히는 필살기여서 죽어도 사랑한다는 독침이 꽂혀 있는 애무의 마지막 초식이어서

변태가 불가능한 체위다 지상의 모든 사랑은 꽃의 신경조직과 무당벌레의 눈을 가졌다 늘 손잡이 없는 칼을 품고 다니며 축지법에 능통한 법 훌쩍, 한 손의 고등어처럼 그대

와 내가 다녀온 하룻밤의 별을 식히는 동안 절정을 맞는 것이다

그대 잠시 한눈파는 사이 급소가 사라졌다
한 번 더 목숨을 버릴 때가 온 것이다
적(敵)의 급소가 곧 나의 급소다,
장미 한 다발 사들고
칼 받으러 간다

꽃의 재발견

새봄, 누군가 또 이사를 간다
재개발지구 다닥다닥 붙은 집들이야 코딱지 후비며 고층 아파트로 우뚝 서겠지만
개발될 수 없는 가난을 짊어진 양지전파상 金만복씨도 떠나고

흠흠 낡은 가죽 소파 하나 버려져 있다
좀더 평수 넓은 집을 궁리하던 궁둥이들이 깨진 화분처럼 올려져 있다
자본주의 경제의 작은 밑거름도 될 수 없는 똥덩어리들

꽃을 먹여 살리는 건 밥이 아니라 똥이어서
공중화장실 물 내리는 소리로 질끈 머리띠 동여맨 발자국들이
궁둥이 두들겨 꽃을 뱉어낸 거지

언제부터일까
버리는 것보다 버림받는 것이 죄가 되는
세상, 푹신푹신했던 소파 가죽 찢어발기고
툭 튀어나온 스프링

두루마리 화장지

공중화장실 벽에 걸려 있던 두루마리 화장지가
툭, 떨어져 바닥을 구른다

우두커니 서 있던 그 자리에 털썩,
주저앉아 바닥 칠 수조차 없던 나무의 나이테가 풀렸다
구른다, 또르르 삼겹살 몇 근으로 끊어내지 못한
나무의 뱃살이 수백 수천 장 푸른 손바닥에 새겼던
바람의 귀엣말이 신발처럼 벗겨진다
꼼지락꼼지락 발가락으로 움켜쥐고 살았던
혓바닥이 구른다

동그랗게 말린 바람의 혓바닥이 핥아 먹어버린 나무의 시간 속으로 천둥벼락이란 뒤 마렵던 구름의 말, 혀가 짧아 말이 되지 못한 새는 푸드덕 날개라도 풀어 쓰—으—윽 내 깊고 어둔 똥구멍 닦아내고 싶었을 것이다

도대체 나무는 급한 볼일을
얼마나 참은 것일까

치약의 완성

칼잠 자는 엄마, 다물어지지 않는 입안 가득 누이가 끓인 라면이 부글부글

칼이 잠시 눈을 감길 순 있겠지만 부서진 쪽문 같은 저 입을 긋기엔 좀더 거친 울음이 필요하다는 듯

아버지는 다짜고짜 허리부터 꾹 눌러 짰죠 구겨진 와이셔츠 바람의 큰형이 눈을 동그랗게 떴고 한 번 더 꾹 눌러 짜자 작은형이 그리고 마침내 내가 똥 마려운 강아지처럼 엉겁결에 뛰쳐나왔죠 발끝에서 머리끝까지 꾹꾹 쥐어짰을 거예요 누이는 치마가 찢어진 채 기어나와 시들시들 자주 아팠죠 쉿! 이건 심증은 있지만 물증이 없는 우리 집 텃밭 이야기, 엄마 혼자 밭을 매는 동안 아버지는 욕실에서 고함을 질렀죠 치약이 다 떨어졌다며 허리 쭉 찢어발긴 튜브를 집어던지곤 치카치카 양치질을 했죠

참 상쾌하고 개운하게 사셨죠 아버지는 자다가도 벌떡, 일어나 이를 닦았고 엄마는 이를 갈았죠 그리하여 나는 몰두하게 됩니다 아버지가 되는 일에 대하여, 금을 뒤집어씌운 아버지 이빨 사이에 낀 개돼지들과 칫솔을 나눠 쓸 수 있는 방법에 대하여

애야, 이빨을 고분고분 썩힐 수 있는 치약은 없는지 몰라

닭 대신 악어새를 키우면 되잖아요

아버지에게 찢어발겨진 엄마가 숨통을 쥐어짜는 동안 나는 의심하게 됩니다 밤새 양치질을 해도 이빨 사이에 낀 새울음소리를 긁어내거나 읍내 金마담 스커트 밑에 심어놓은 쥐똥나무 향기를 닦아낼 수 없는 불소치약의 효능에 대하여

마침내 이쑤시개를 들고 쳐들어갑니다
치카치카, 우리 아버지 물고 있던 칫솔 내려놓고
식탁에 오르실 시간입니다

추파춥스

혼자 밥 먹을 때면 스르륵 떠오르는
당신 얼굴을 달에게 물었다

말이 없었다 달은, 이젠 정말 지겹다는 듯
살이 되고 피가 될 만한 일이
이 땅에는 없다는 듯

그리하여 나는,
그림자를 독립시켜줄 때가 왔다고 믿는다
담벼락 기어오르던 오줌 줄기 싹둑 잘라
숟가락을 늙은 쥐똥나무에게 쥐여주는 것인데
그림자를 침대로 사용하는 종족들이
속을 다 파먹어버린
뒤통수였을까

불을 피우기엔 밑이 너무 그을렸고
펄펄 물을 끓이기엔 금이 너무 많이 간 얼굴을
거울은 박살내겠다는 심사지만

아직도 믿는다 달에게 사탕을 물리면
그림자가 눈사람처럼 하얗게
빨갛게 파랗게

아직 태어나기도 전이다, 우리는
문득 사라지는 것이다

눈물이 완성되는 순간

철거를 앞둔 임대 아파트 아줌마들 모여
인형 눈을 붙인다
매에게 쫓기는 토끼처럼 새빨개진 눈 비비며
밤새 눈을 달아준다

말 못하는 곰이나 고릴라에게 눈을 주고
반찬값 몇 푼 챙기는 아줌마들의 수다가
가물가물 칠순 어머니, 눈물을 단추처럼 매달고 사신
당신 이마 위로 터진다 톡톡
오래된 별처럼,

눈 동그랗게 뜨고 어디 한번 살아봐라
눈 없인 살겠지만
눈물 없이는 살 수 있는 세상인지

막노동 가는 남편 작업복에 병든 닭 같은 자식들 앞가슴에
단물 빠진 껌처럼 으깨 붙이던 얼룩이 별이던가
눈물이란 한사코 칠이 벗겨지지 않는 생(生)의 그늘마저
반짝, 입 열게 하는 금 단추 같은 것이어서

아예 단춧구멍만한 눈물을 달아준다
눈물을 단추로 채워준다

홍수

눈물 바깥으로 둥둥 몸이 떠오르는 때가 있다

민둥산, 속울음 붉게 게워내는 계곡을 따라 부서져 흩어지는 바람처럼 함부로 수습할 수 없는 살과 뼈가 꽃대를 세웠지만 입술은 애당초 뿌리를 놓쳤다

말없이 나를 만지작거리던 단풍이, 눈물 많았던 당신이 보이지 않는다

베란다 화분에 물을 주는데 왈칵, 잎이 진다 꽃이 물을 먹는 게 아니라 물이 꽃을 집어삼킨다는 걸 알게 된 아주 먼 오늘로부터

당신은 어디쯤 떠내려갔을까
나는 어디쯤 떠내려왔을까

캥거루 미술관

과거는 버리고 잘 먹고 잘 살고 있다는 말,
다 거짓말이야 거울 속의 여자가 거울 바깥쪽의 여자를
주머니에 구겨넣고 있다

어떤 자궁은 뜨거운 눈송이를 담는 그릇이지만
가끔씩은 구름이 무청처럼 아삭거리고 모래바람도 씹히지
핏기 없는 하늘에서 한 남자의 턱수염을 꺼내던
거울 바깥쪽 여자의 그림자가 잠시 투명해지는
한순간,

아직 피부는 탱탱하게 살아 있는 거죠?
거울 속의 여자는 가만히 자신의 시신을 만져보고
거울 바깥쪽의 여자는 허겁지겁
거울 속에 떨어진 성기 하나를 주워 물주전자처럼
가스레인지 위에 올려놓고

우린 한 번도 태어난 적이 없는 거죠?

거울 속의 여자가 주머니에 구겨넣은
거울 바깥쪽의 여자를 꺼내 팽팽
코를 풀어주고 있다 누런 이빨 사이에 낀
새 울음소리가 바싹 마를 때까지
머리카락을 쥐어뜯고 있다

우린 더이상 죽을 수도 없는 거죠?

당신의 꽃밭에는 몇 구의 시신이 나올까

꽃밭으로 유인되었어요 칠순 엄마, 죽은 듯 숨을 고르고 있어요 엄마 김치 엄마~ 헤벌쭉 벌어진 입속 썩어가던 이빨을 벌레로 풀어놓아요

다 늙어빠진 할망구 사진은 박아서 뭐하누

파마머리 위 똬리처럼 놓인 바람의 실밥 뭉치를 발견했어요 팔랑팔랑 그림자가 고정되지 않는 모시나비 한 마리 돌멩이로 눌러놓고

……찰칵

엄마! 자꾸 눈 감지 말라니깐

반백 년 전 아버지에게 살해된 여자의 시신이 발굴되는 한 순간, 나는 누군가에게 납치된 눈물을 꽃이라고 베껴 쓰네

사랑은 이렇게 죽는 거구나

페이스오프

엎어지면 코가 닿는 곳으로부터 얼굴이 시작됩니다

입에 담지 말아야 할 사람들의 혀가 갈라져 길이 뒤엉킵니다

뱀이 드나들던 창문을 닫고 가만히 손을 내밉니다

책장처럼 접혀 있던 거울 한 귀퉁이가 바스락거립니다

물 대신 불을 주어야 하는 꽃밭입니다

동쪽에 두고 온 머리에 바람을 옮겨 심습니다

나를 흔드는 것은 꽃이 아니라 밥이라고 쿨럭쿨럭

단풍을 받아쓰는 순간 얼굴이 툭, 꺼졌습니다

백 년을 넘게 기다렸지만 아직 만나지 못한 사내입니다

애인이 보낸 생일 케이크가 봉분처럼 도착합니다

서쪽에서 밥을 먹기로 합니다

꽃과 별을 기록하는 밥의 생산성

우는 아이의 입을 무덤으로 틀어막는다
여자는 아이의 피를 거꾸로 세운다
울음을 그쳤다, 꽃잎 속으로 파고드는
말벌처럼 아이는 몸을 오그린다
둥근 울음 바깥으로 불쑥불쑥 팔다리가
튀어나오지 않도록

여자가 아이에게 밥을 먹인다
숟가락으로 아이의 눈을 파고 울음을 퍼낸다
목이 멘다, 뱀과 눈을 딱 마주친
개구리처럼 아이는 밥을 먹다 말고 빤히
여자를 쳐다본다
뱀의 혓바닥으로 목을 휘감은 아이는
몸을 움칠움칠 쉴 새 없이
이빨을 만들어낸다

마침내 여자는 아이에게 숟가락을 건넨다
아이가 우두커니 여자를 올려다본다
하늘에서 떨어지는 별똥별을 쳐다보듯
신기한 얼굴로 쏘아대는 눈동자 가득 피어오르는
연기, 아이는 숟가락을 불끈
몽둥이처럼 움켜쥔다
꽃과 별을 기록하는 밥의 생산성

아이가 여자를 두들겨 팬다 젖무덤이
퉁퉁 불어터지도록 여자가 운다
아이는 여자의 피로 영역을 표시한 다음
꽃으로 여자의 입을 틀어막는다
뼛속 깊숙이 밥물이 스민
여자의 목덜미 위로 뾰족 솟구치는
별,
아이에게 여자는 아무래도
너무 질기다

오래된 꽃밭

산등성이 위에 달이 떠 있었다 덩그러니

마른 웅덩이처럼 비어 있었다

훌쩍, 늙어버린 아내가 그걸 머리에 이고 산책하고 싶다고 졸랐다

한 걸음 두 걸음 그녀의 발이 시들기 시작했다

자꾸 어두워지고 있었다

달이, 바짝 마른 제 입에 제 살을 빛으로 흘리듯

아침이 오기 전에 깜깜하게 몸을 비워야 하듯

그녀 또한 비우고 있는 게 분명했다

마음에 돼지 머리 눌린 몸을 흘려 비우는 일이라고

그녀에게 물을 주었다

그날 밤 나는 있는 힘껏 울었다

늙은 지붕 위의 여우비처럼

맥주 대신 콜라를 마시면서 속이 시꺼매 다행, 이라고 중얼거린 말이 그녀 짧은 스커트 밑을 구르며 오소소

태어나는 순간 싹둑, 잘린 것은 탯줄이 아니라 꼬리였는지 몰라요 매번 기차보다 심하게 몸을 덜컹거렸지만 날개를 꺼내진 못했죠 바람은 쿡, 쿡쿡 썩은 나뭇가지로 제 눈이라도 찔러 뿌리를 내리고

달을 달걀처럼 깨뜨려보고 싶은 밤이에요 못 견딜 정도로 외롭진 않았지만 지루했었죠 천식을 앓는 아버지 아랫도리를 지키는 어머니처럼, 바늘로 사타구니를 꿰매야겠어요 혀라도 깨물면 반짝, 지붕 위로 던진 사랑니 하나라도 건질 수 있을지 몰라요

그래요 썩은 이빨을 금으로 덮어씌우는 일이라고 말하진 마세요 사랑은 늙은 지붕 위의 여우비처럼 몸과 함께 태어나지 못한 시간들의 혼잣말인 줄 당신 또한 까맣게 몰랐죠

짝짓기가 아니죠, 사랑은
자작극이에요

살구나무에 살구비누 열리고

두 살배기 계집아이로 돌아가기로 했어
어린 살구나무가 바지에 오줌 싸듯
울어보기로 했어

엄마 몰래 꿀꺽 비누를 집어삼킨
계집아이, 똥 기저귀 차고 화장실엔 왜 끌려가나
끌려가서 울긴 왜 우나

에비에비 퉤퉤 목구멍 깊숙이 손가락 집어넣는
엄마 금가락지 반짝, 살구나무에 열리고
하얗게 질린 내가 토해내는 것은
살구가 아니야

안녕! 살구나무야 기억하겠니?
김이 모락모락 나는
파란 똥 한 무더기 노란 똥 한 무더기
맛있게, 받아줄 수 있겠니

솥뚜껑 같은 손바닥 슬쩍, 뒤집으면
변기 뚜껑으로 변하는 나를 구역질해보는
비누 거품 속이야

생쥐처럼 비누 갉작대는 치매 할머니

똥 기저귀 차고 내려다보는 저기,
산등성이마다 동그란 무덤들
전생을 두들겨도 뽀얗게 우려낼 수 없는
영혼의 엉덩이들

살구나무에 옹알옹알 살구비누 열리고
백발성성해진 계집아이 하나 엉엉 울고 있어
빨래 방망이 하나 치켜들고

나비의 시간

빈 옆구리 기웃거리던 바람이 요즘은 자주 얼굴을 만지작거립니다 그러고 보니 거울보다 먼 산을 쳐다보는 일이 많아졌습니다 툭툭, 내 것이 아닌 몸을 뱉어놓고 파닥거리는 날이 종잇장처럼 얇아졌습니다

내가 던진 말에 준동(蠢動)하던 당신의 겨드랑이 밑으로 구름의 내장까지 여기서는 환하게 다 보입니다 용서하십시오 아직 꽃대를 발견하지 못한 마른 입술 한 장이 오늘은 저만치 돌덩이 위에 돌아앉았습니다

늦게나마 나비의 날갯짓에 바느질 자국이 있다는 소식 먼저 전합니다

쓰—윽 나이가 지나간 흔적이라고 그냥 한 번 웃어주십시오

치약

오늘은 사랑에 빠졌다는 당신의 달콤한 계단이 되어보기로 한다 사랑이 밥 먹여주냐, 욕 대신 꽃을 퍼붓는 배고픈 짐승들의 가래침은 튜브에 담아 무릎 다친 골목의 연고로 사용하기로 한다

물간 고등어 한 마리, 달을 뒤집는 저녁 킁킁 비린내를 칫솔로 사용하는 도둑고양이 발톱 하나 숨겨 치약을 쥐약으로 발음할 수 있는 바닥까지, 사랑은 버리고 빠졌다는 말만 남겨 당신의 뿌리까지 키스를 내려보내기로 한다

입안 가득 퐁퐁을 떨어뜨린 상큼하고 개운한 얼굴들아 안녕, 여기는 내가 아니면 아무도 떠오르지 않는 당신의 숨 막히는 내부, 이미 부패가 시작된 목숨의 복숭아뼈를 껑충 뛰어오른 입술로부터 푹푹 발이 빠지는 분화구

반짝, 창문이라도 달아낼 듯 치통은 걸어다니고 머리칼은 자꾸 넘어지는데 까칠해진 턱수염 밑에 쪼그리고 앉아 담배에 불이나 댕기는 당신의 아랫도리를 어디 한번 꾸—욱 눌러 짜보기로 한다

몽니

사랑한다니요?
씨가 있고 뼈가 있다는 풍문 때문이었겠지요
당신은 말을 아꼈습니다
흙에서 파낸 감자나 고구마처럼
수줍게, 볼이 미어터지도록 가두어놓았다가 꿀꺽
삼켜버리곤 했습니다

제대로 된 사용설명서가 없는 탓인지 모르겠습니다
말과 글도 몸으로 때운 거지요
그런데 이게 무슨 일입니까 사랑이라니요?
바람의 이빨 노릇이나 하며
밥 대신 말을 지어 먹고살던 내겐
마른하늘에서 떨어진 날벼락이었지요

옆집 똥개가 물고 있던 뼈다귀가 떠올랐습니다
수화기를 입에 물고 컹컹 짖어대고 싶었습니다

이건 사랑이 아닙니다 근친상간입니다
제 밑구멍 하나 닦지 못해 밤마다 구덩이를 파는
홀아비 아들에게 늙고 병든 어미가
어디 할 말입니까
사랑한다니요?

참다 참다 부아가 치밀어올랐겠지요
한평생의 울음이 입속 석순으로 자랐겠지요
비로소 사랑한다는 말의 뼈다귀를 찾은 거지요
어금니와 송곳니 사이 울컥,
솟아난 달의 사랑니라고 말하면
당신은 당장 얼굴을 반으로 쪼개버릴지 모르겠습니다

아무렴 어떻습니까. 오래오래 사시겠습니다
당신은 이제 야야, 이만 끊는다고 말하지 않습니다
사랑해, 라고 후레아들 전화통에다
씨를 뿌리는 것입니다

해도 해도 너무하십니다 우리 칠순 노모
새벽 댓바람부터 또 전화질입니다

포옹

돼지는 문밖에 나와 있었다
삼겹살집을 나서는 그녀가 아휴, 냄새
잔뜩 인상을 찌푸리기 전부터 돼지는 킬킬

불판 위에서 지글거리던 입술이
새까맣게 타들어가기 전부터
변기 위에 앉아 서둘러 넥타이를 풀고
몸 밖에 나와 있었다

그러니까 돼지는 몸을 식탁이 아니라 침대에 바쳤다
갈고리 맞은 잠과
잠에서 발라낼 수 없는 꿈의 간곡한 체위를 위해
혈맹을 다짐하는 돼지,
몸을 연애에 바친 눈빛은 길 건너 은행나무 밑동을
흔들어놓을 만큼 집요하고
꿉꿉하다 킁킁 코를 지우는 그녀가
마침내 살을 버리고 꽃이 될 때까지

이쑤시개 하나로 달을 피워 문다
길가에 버려진 베고니아 화분처럼
붉게 타오르지 않는 그림자가
마른 구덩이 하나로 움푹 꺼지는
시간의 비탈, 내가 그녀에게 바쳤던 키스는

머리끝에서 발끝까지
입만 살아 불편했던 부족들의 부장품이 되어
달콤해진 골목의 무릎을 다치게 하고

돼지는 나보다 뜨겁다 나보다 먼저 코피가 터졌고
그때마다 나는 양치기 소년이 되어 울고
화분에 물 주는 것을 깜빡 잊어버린 그녀를
철철 피 흘리게 하고

그러니까 돼지와 나는 그녀를 울어주고 싶은 게 아니라
물어주고 싶은 것이다 숨통이 끊어질 때까지

사랑해 죽도록, 이건 말이 아니라 살이다
심장이 죽음에 들러붙은 돼지의 고백은 달을 흘러넘쳐
살이 타는 냄새에 민감한
그녀의 모성애를 흔들 수도 있으므로
나는 돼지를 죽였다 그녀가 샤워를 하는 동안

비로소 돼지의 전부가 된 나는
그녀의 그림자부터 끌어안는다 와락,
전생에 파놓았던 구덩이처럼

당신의 입술은 기억할까?

달이 뜨면 지붕으로 올라가 구름이 잔뜩 머금고 있던 물을 퍼낸다

구름이 달리기 시작한다 구름은 너무 많은 입술을 가졌다

구름을 세탁기에 집어넣고 밤새 노래를 시킨다

배고픈 애인과 호식이 두 마리 치킨이 뼈를 묻으러 올 때까지

구름은 목구멍을 쥐어짜고 팔다리를 비튼다

입술이 뽕, 뽕뽕 탄산음료 병뚜껑처럼 날아가버리도록

구름은 구멍 난 양말 한 짝을 물고 있다

옥상 빨랫줄에 매달렸던 빨래집게 후두두둑 떨어지는데

한 살이라도 어린 죽음을 꺼낼 수 있을 때까지

접시 가득 쌓인 당신의 입술은 첫 키스를 기억할까?

밥 먹던 입으로 서로의 똥구멍을 핥아주는 개들은 꼬리

가 하나지

구름은 한순간 늙은 의자처럼 쓰러진다

구름은 검게 탄 마지막 입술을 버리러 가야 한다

사각사각, 달의 옆구리를 갉아먹는 박쥐처럼

구름은 이제 버스를 기다려야 한다

독사

독을 품고 사는 일보다 밥맛 나는 일이 어디 있을까

사랑한다고 죽도록 사랑한다고 목덜미 꽉, 물어뜯는 한 순간보다

오래 살고 싶을 때가 어디 있을까

저기, 대가리 빳빳하게 치켜든 독사 한 마리 질질

올챙이 시절 잘라버린 제 꼬리처럼 땅바닥에 끌고 가는

개구리보다 살맛 나는 일이 어디 있을까

사랑보다 치명적인 독이 세상 어디 있을까

밥보다 오래된 독이 어디 있을까

바람의 육체

내 몸을 쳐들어왔다 죽은 시간이 머리카락으로 자라 슬그머니 들어올린 무덤, 달은 그렇게 목을 졸라맬 수 없는 그림자 몇 장 피웠다 지우고 훌쩍 키만 자란 바람이 울어 자꾸 울어 손발만 그려주면 사람이다 드르륵 어제를 성큼 들어서는 당신

털썩, 주저앉아 바닥 칠 수 없는 문밖의 자귀나무를 갈비뼈 삼아 본색을 드러내는 당신은 라면 박스 안 새끼 고양이 같아서 우리 어머니 죽어서도 고삐를 놓지 않을 송아지 같아서 운다 자꾸 울어서 죽음마저 깨운다

울어라 울지 않으면 바람이 아니다 살아서 울지 않으면 사람이 아니다

울음의 솔기가 풀릴 때마다 나는 슬그머니 지붕 위로 올라가 눈물 한 장 더 갈아 끼우고 돋보기 쓴 어머니 바늘에 실 꿴다

문 쪼매 열어보거라

눈물의 배후

밥을 먹는 동안 몸이 물처럼 흘렀다는 걸 몰랐더구나 이즈음 나는 눈썹 위의 나무 의자를 치웠다

영혼의 도색이 많이 벗겨졌더구나 바람을 인질로 잡고 사는 게 아니었다 발바닥이 너무 질겨 코를 파던 꽃의 배후를 알겠더구나

길에서 태어났으므로 집에서 기를 수 없는 네발 달린 짐승의 울음, 손목을 긋거나 혀를 잘라도 달랠 수 없는 말이 있더구나 그대 언젠가 지워버린 배 속의 아기처럼 나는 아무래도 고분고분 발굴될 수 없는 한 점 바람의 핏덩이,

사랑한다는 말 한마디 얻기 위해 꼬리를 잘랐으나 저기, 저 꽃들은 바람의 발바닥이 붉다는 농담 따위나 히죽히죽 건넸을 뿐,

날이 갈수록 색을 더하는 여자가 내 안에 살고 있는 줄 몰랐더구나 성기처럼 앉아 피를 돌리는 줄 비로소 알겠더구나

청바지를 입지 못하게 된 K씨의 경우

마음은 아파 죽도록 아파 우는데 몸이 따라 울어주지 않을 때
벽을 타고 피어오르는 바지의 시간

술 담배 끊고 조깅을 시작한 당신이라면 그래, 늙어간다는 것은 각방을 쓰던 죽음과 등을 기대고 무릎 툭 튀어나온 바지 구멍 가득 새 울음소리를 채우는 일이겠지만 청바지를 입지 못하게 된 K씨의 경우

얼굴부터 던져넣고 싶은 불구덩이, 몸에 좋지 않다며 엎질러버린 그림자를 꽃다발처럼 들고 오른발 아니 왼발 먼저 꿰려다 움칠! 도대체 어느 쪽부터 잘라야 등을 기댈 수 있을까 독립할 수 있을까

그러니까, 몸이 아프다는 걸 애인보다 밥그릇이 먼저 눈치챌 때 살을 섞는다고 쌀이 나오는 건 아니란 걸 고자질하는 이빨 사이로 붉게 피어오르는 새 울음소리, 칫솔질로는 닦아낼 수 없는 거짓말이 눈만 붙은 성기처럼 매달려 살금살금 피어오르는 바지 구멍 속으로

우두커니 늙은 사랑은 청나라 사신처럼
달의 사타구니나 핥아주는 것이다

부도난 치부책

1.
감자밭에서 감자가 고구마밭에서 고구마가 슬슬
떠날 채비를 한다
밭고랑에 쪼그리고 앉아 밥 먹고 쉬쉬 오줌 누고 똥 누던
어머니,
못난이 돼지감자 하나 소 불알 같은 고구마 하나 울퉁불퉁
굴러와 미처 책을 다 읽지 못한 내 눈두덩을
시퍼렇게 때렸다

2.
밭고랑에 나앉은 어머니 젖꼭지에 감자 물려 감자밭이다
다리속곳 밑으로 눈 한 번 흘길 때마다 감자꽃이다

서울 형이 쓰—윽 한 번 읽고 갈 때마다 닭 모가지 비틀어지고
추곡 매상이 줄었다 소를 잡아먹고 지난해 돌아가신 아버지 뒷등까지
쥐도 새도 모르게 구워삶은 치부책이다

줄담배 빠끔거리던 형이 호미 가로채더니, 뚝딱
아파트 한 채 캐는 건 순간이다

3.
형이 떠난다
새로 생긴 아파트 주소와 전화번호에
염소처럼 어머니 묶어놓고

붕붕거리는 그랜저 트렁크 속으로
꼬리에 꼬리를 물고 엉덩이 들어올리는
감자들 지지리도 못난
고구마들

탁본(拓本)

돼지국밥집 배불뚝이 사내가 파리를 쫓고 있다
불안하다,
나는 파리만 날리는 오후 4시를 숟가락으로 움켜쥔 채
사내와 맞선다

하마터면 건너뛸 뻔했던 한 끼를 위해
싹싹 손이 발이 되도록 빌고 있는 파리 한 마리 잡기 위해
사람이 아니라면 누가 저토록 엄숙하고 비장하겠는가?

플라스틱 파리채 하나 꽃대처럼 세우고
엉덩이를 쭈—욱 뒤로 뺀
사내

파리가 파리를 알아보는
한순간, 탁!

돼지국밥 속에 비친 눈꺼풀 사이로
오래오래 핏기 가시지 않을
탁본(拓本) 한 장

파리 목숨이라고 하기엔 알리바이가 부족하다
나는 깜빡 눈 한번 감지 못하고
전생을 건너온 것이다

Happy Birthday

잠 속에 손을 집어넣었더니
머리끄덩이가 잡혔다

고백건대 나는, 내 죽음이
축하 인사 한마디 없이 스르륵
사라질까 두려운 것인데

랄랄라, 케이크 대신 콘돔을 사온 그녀
발그레 달아오른 얼굴의 반을 잘라
비석을 세웠다

머리끄덩이에 불을 붙였다

남의 꽃밭에 버렸던 그림자를
다시 찾았다

테크놀로지

원숭이도 나무에서 떨어집니다
빨간 궁둥이와는 아무 상관없이
그렇습니까?
지극히 사소한 일 앞에서 마음껏 당황할 수 있는 당신을
위해
나는 한사코 불행해집니다 눈동자 가득 구겨넣었던
달을 꺼내 눈물은 빨갛다고 씁니다

툭, 사과나무에서 사과가 굴러떨어집니다
바나나가 먹고 싶은 당신으로부터
나는 자꾸 무심해집니다
나무에서 떨어진 원숭이거나
사과나무가 놓아버린 사과이거나
흥미진진한 이야기는
빈집 마당에 쓰러진 고물 자전거처럼 시작됩니다

당신과 나는 지금 급한 볼일을 보듯
죽음을 지나는 중입니다
그렇습니다
몸 바깥으로 던져버려야 할 몇 개의 얼굴이 남았는지
오늘은 언제나 흥행에 실패한 영화 간판보다 생산적으로
극장을 내려옵니다

눈물에 반짝, 금이 갔다고 읽습니다

나무에서 떨어진 원숭이 궁둥이로부터 미궁입니다
사과를 떨어뜨린 사과나무로부터 가만히
달을 바꿔놓겠다는 거지요

황태

아버지 바지가 빨랫줄에 걸려 있다

헐렁헐렁한 바지 속 미꾸라지처럼 빠져나간 아버지는 젊은 버스 운전기사에게 멱살 잡혀 있었지만 편안해 보였다 아니, 어르신 낮술 꽤나 드셨으면 집에 가 주무시지

도로 한복판으로 뛰어들어 버스를 가로막았다고 벌레 씹은 얼굴로 투덜거리는 金순경 입가로 스멀스멀 아버지 밥알 같은 눈빛이 벌겋게 달아올랐다 가로막은 건 버스가 아니라 번쩍, 손들어도 서지 않는 길이었다고

제발 한 번만 봐달라고 金순경 바짓가랑이를 붙잡고 늘어지는 어머니, 염소 울음소리에 새 울음소리까지 섞어낼 줄 아는 당신 치마폭에 싸인 아버지는,

동해안 어느 깊고 푸른 바다에서 잡아온 게 틀림없었다 조마조마 불 꺼진 아궁이를 살피듯 불안한 어머니 눈동자 속으로 또다시 겨울이 오고 있었다

간과 쓸개를 다 빼주고도 물먹은 명퇴 아버지에게 세상은 공중누각이었을까 펑펑 눈발 날리는 황태 덕장이었을까

멈추지 않는 길에서 배가 뒤집어진 아버지의 낡은 구두 한

짝, 내장을 빼낸 다음 낮엔 녹이고 밤새 얼린 황태 한 마리
어머니 치맛자락에 매달리고 드르렁 드르렁 푸, 푸후 푸후
내 등에 업혀 코 고는 아버지에게

고래가 사는 바다는 얼마나 멀까
아버지를 벗어내린 고래 한 마리

햄버거 진화론

1.

한 무리의 넥타이 부대들이 햄버거를 먹고 있어요. 큰길 건너 단위농협에서 파병한 신병들이죠. 전투 경험이야 없지만 경제를 아는 젊은이들이에요. 파리 떼처럼 패잔병들이 들끓는 장바닥 돼지국밥집에서 팔다리 꺾인 金봉식씨만 낙동강 오리알이에요. 귀신 잡는 해병대 출신이면 뭘 해요. 경제를 몰라요. 제아무리 용감한들 경제를 모르면 똥이 되는 나라죠. 더 늦기 전에 입을 항문으로 바꾸어야 해요.

급식 지원을 받는 함양중학교 2학년 4반 순덕이 배꼽시계로 12시 45분, 삐라처럼 뿌려지는 농협 상품권은 눈이 맵죠. 金봉식씨를 구하기 위해 양파 캐러 간 엄마가 꼬르륵 신호를 보내네요. 그래요. 오늘은 컵라면 속에 달걀 대신 오리발을 풀어야겠어요.

때마침 공습경보 사이렌이 울리네요.

2.

관광 코스로 개발된 빨치산 루트를 타고 넘어온 게 틀림없다니까요. 순덕이 아버지 金봉식씨가 동란 때 먹었다는 꿀꿀이죽 아시죠. 꼴까닥 혓바닥까지 딸려 넘어갔다던 바로 그 맛이죠. 세상에, 순덕이 입안 가득 침이 아니라 피가 고였어요. 놀라진 마세요. 시쳇말로 죽이는 맛이죠. 맥도널드

가 원하는 것은 땀이 아니죠. 눈물이 아니죠. 그럼 피밖에 더 있어요. 순덕이가 아부지, 하고 부르면 눈알이 새빨개져 저만치 도망치는 金봉식씨를 아시나요.

사실 햄버거를 좋아하는 딸아이들은 촌스럽게 아부지, 하고 부르진 않죠. 소똥을 굴리는 말똥구리처럼 혀를 잘 굴려 아빠를 파들, 파들, 하며 나이프와 포크를 들고 설치죠. 심심하면 집을 나가는 게 얼마나 다행인 줄 몰라요. 휴대폰 하나 움켜쥐고 학교에서 가르쳐주지 않는 다양한 전투 경험을 쌓고 돌아오죠.

3.

지리산 골짝, 아가씨라곤 다방 아가씨밖에 없는 소읍 함양*까지 쳐들어온 맥도널드 체인점 앞에서 나는 불량 농민이고 金봉식씨는 상이군인이죠. 논바닥이나 묵정밭을 포복하며 익힌 체위론 어림없는 짓이죠. 언제 터질지 몰라요. 읍내 지구대 金순경도 요즘 아이들 앞에서는 깨갱, 꼬리를 내리고 말죠.

서둘러요. 민방위훈련이 아니라 실제 상황이에요.

4.

어젯밤 모토롤라 대리점 앞 대로변에서 난리가 났대요.

한 명이 칼에 찔려 죽고 세 명이 다쳤대요. 해병대 출신의 金봉식씨는 다행히 알리바이가 있죠. 털털거리던 고물 경운기를 맥도널드 체인점 건너편에 세워놓고 꽃다방 미스金과 소와 개돼지들의 앞날에 대해 많은 대화를 주고받았대요. 그러나 미스金은 소나 개돼지보단 치킨에 관심이 많아요. 송아지처럼 두 눈을 껌뻑껌뻑 엉덩이만 맡겼겠죠. 아는 사람은 알죠. 미스金은 읍내에서 제일 높은 32층 아파트까지 날아오르는 날개를 뜯어 먹고선 오리발을 내밀죠. 金봉식씨는 언제나 닭 쫓던 개 지붕 쳐다보는 꼴이죠.

이미 공습은 시작되었어요.

5.

金봉식씨의 단골 돼지국밥집마저 폭탄을 맞고 폭삭, 주저앉았어요. 한평생 소를 키우며 땅만 파먹던 사람이 사장이었는데 경제를 제대로 알 턱이 있겠어요. 사라져가는 고향 맛을 지키겠다며 전쟁을 선포했다가 1년도 못 버티고 폭탄을 맞은 거죠. 말똥구리처럼 소똥을 밥으로 빚는 일은 상술이 아니라 전술이죠. 전면전이 될지 몰라요. 지리산까지 점령한 맥도널드 체인점이 작전사령부예요. 보이시죠. 저, 저건 소똥이 아니에요. 자장면보다 먼저 배달되는 도시락 폭탄이죠. 주요 간선도로마다 소똥처럼 퍼질러놓았어요.

저, 저런 노약자들과 어린이들을 앞장세우세요

* 면적 724.73제곱킬로미터, 지리산을 끼고 있는 경남 서부 지역의 작은 군. 인구 5만도 채 되지 않는 소읍으로 재정 자립도가 전국 최하위권이다.

달팽이생태보고서

맞벌이 부부들 풀어놓은 아이들이 기어다닙니다
잠 덜 깬 아이들 이마가 창으로 달린 집들이 기어다닙니다
길을 모르니까 길을 잃어버릴 수 없는 아이들이,
가만히 그 길을 잡아당기면
과자 부스러기처럼 매달려 나오는 집,
부서진 피아노 음악 같은 아이들이
텔레비전 속 수천 마리 참게 떼들과 함께 기어다닙니다
거품 뽀글거리며 한강 둔치를 기어오릅니다*
잠실대교 교각을 기어오른 어린 참게들이
텔레비전 바깥으로 뛰어내립니다
톰방톰방 아이들 손가락 하나씩 물고 기어다닙니다
아이들에게 젖을 물려본 적 없는
예쁜 여기자 입술이 달아오릅니다
산책 나온 수많은 시민들에게
신기한 볼거리를 주고 있다며
마이크를 아이스크림처럼 빨아먹으며 시청률을 높입니다
놀이방 원장 선생님 코끝에 걸린 안경 한쪽 다리가 똑,
참게 발처럼 부러집니다
혼이 난 여기자가 웁니다
아이 하나가 얼른 젖꼭지 물려주지만
가짜 젖꼭지는 맛이 없습니다
집이 떠내려가도록 울다가 화면이 바뀌자 방긋 웃습니다
울음이 가짜인지 웃음이 가짜인지

원장 선생님도 고개를 갸우뚱거립니다
참게들에게 손가락 물린 아이들만 가짜가 아닙니다
집을 찾아 헤매는 엄마를 찾아 웁니다
원장 선생님이 휴지 대신 꽃잎으로 눈물을 닦아줍니다
톡톡, 엉덩이에 불 지펴줍니다
불빛이 새어나오는 집,
아궁이로 머리만 쏘—옥 내민 아이들이
음악 한 장씩 덮고 막 잠이 들었습니다
퇴근길 맞벌이 부부들이 하나둘 아이들을 찾으러 옵니다
가시투성밤게**가 되어 느릿느릿 기어옵니다
잠들었던 아이들이 가시에 찔린 순서대로
일어나 앙앙 다시 웁니다
달팽이들의 슬픔은 집에 있습니다
내 집 마련 꿈이야 이뤘지만
함께 살 수 없는 집들이 너무 많아졌습니다
젖은 음악으로 만들어진 집들이 둥둥 떠내려갑니다
바다가 깊습니다

* 2006년 7월 15일 뉴스 인용—수천 마리의 참게 떼가 강물을 탈출해 한강 둔치로 기어오릅니다. 집중호우로 물이 탁해진데다 먹이를 구할 수 없기 때문입니다.

** 집을 만들지 않고 떠도는 밤겟과의 갑각류.

지루한 거짓말

닭의 거짓말이 계란찜이라면 믿겠소?

미안하오 차마 뱉어내지 못한 모진 마음, 독한 마음, 밥알 속의 돌멩이처럼 깨물고 있다 이빨만 썩었소 거짓말만 다쳤소 부디 용서하시오 나는 감자였소 구린내를 살짝 보태면 계란찜일 수도 있겠소

참말이오 당신은 믿을 수 없는 일이겠지만 솜털 보송보송한 복숭아에게 감자도 고구마도 거짓말일 거요 가진 거라곤 눈물뿐이던 어머니마저 거짓말일 수 있겠지만

밥만은 아닐 거요 웬만한 것은 밥물에 익혔소 계란찜 하나에도 밥물이 뱄소 밥물 가득 밴 계란찜 앞에 이즈음의 가스불 계란찜이 어딜 감히 얼굴을 들 수 있겠소 밥의 눈물 탓이오 닭의 거짓말이 계란찜이라면 믿겠소?

지루하겠지만 참아주시오 당신 어머니 또한 질질 코흘리개 자식들마저 밥솥에 쪘소 밥물에 익혔소 밥풀이 덕지덕지 붙은 감자가 바로 나였소 계란찜이 나였소

복숭아가 그걸 안다면 거짓말이오 눈곱만큼이라도 안다고 말한다면 세상이 몽땅 계란찜으로 변할 거요 얼마나 다

행인 줄 모르오 감자인 내가 복숭아의 거짓말이 될 수 있다니,

밥보다 당신을 사랑할 수 있다니,

교통사고다발지역

슬쩍, 나무에서 방을 빼는 세입자가 있다

나뭇가지가 아니라 바람에 목을 거는 꽃잎이 있다 여차하면 허공에라도 매달려보겠다는 심사가 아찔하다 커피를 배달하는 시골 다방 빨간 티코나 무면허 오토바이가 아니라 바람과 나무가 교통사고를 일으킨 현장을 목격하면

나는 엉뚱하게도 햇볕에 들통 난 나무들의 잎맥을 더듬어 올가미를 찾아내는 저만치 구름파출소 게으른 金순경이 되어보는 것이다

눈 깜빡할 새 미궁에 빠질 사건이다 나무가 자해를 한 것인지 바람의 과실이었는지 목격자는 찾을 수 없지만 내게도 꽃잎이, 수갑을 채우고픈 한 잎 목숨이 있다는 걸 조서로 꾸며놓고 싶은 것이다

비어 있을수록 무거워지는 손발을 너무 믿었던 거다 이건 분명 나를 미행하던 바람이며 구름이며 하물며 배가 뒤집혀 바동거리는 무당벌레들까지 등을 돌려버린 경우다

여차하면 나를 뺑소니치려는
목숨이 있다

구름의 연애사

여자는 울며 손으로 얼굴을 감싸쥔다

뒤꼍에 묻은 김칫독처럼 가만히 묵힌 사랑만이 얼굴을 얻는다고 달콤한 눈과 코와 입을 가진 아이가 올려다보는 들창처럼, 달은 그렇게 여자의 자궁 속에 별을 피우고 눈물을 갈아 끼우는데

화장발이 먹히지 않는 여자에게 눈물은 사과나무의 속옷 같은 것일까?

나는 하얗게 샌 턱수염으로 비를 긋고 엄마, 하고 다시 한 번 얼굴을 감싸쥐는 여자의 어깨가 바스락거릴 때 저만치 우리가 모르는 어떤 곳에서 시간은 너무 빨리 지나가거나 너무 느리게 다가오는 것일까

바람의 붉은 속살이 된 내가 신발 줍는 일에 골몰하는 동안 쌍꺼풀이 풀린 여자는 가만히 손을 풀어 척척, 지붕 위에 새 울음소리를 널어놓는다

나는 여자에게 요즘은 너무 자주 구름이 얼굴을 만지러 온다고 말한다
우물을 파지 못한 여자의 두 뺨이 녹슬기 시작한다

엿구리 2

아버지 돌아가시면서 남긴 손바닥만한 논밭뙈기 팔러 개구리처럼 폴짝 뛰어 내려간 시골집 평상에 잠시 앉아 있는데 개굴개굴 울음을 의자로 들고 달려온 개구리들, 살짝 벌어진 내 입안 깊숙이 식탁으로 내려놓는다

바람에 부서진 절벽, 귀를 막고 눈을 감듯 질끈, 몸을 감으면 보이는 의자

가끔씩 식탁으로 사용하는 의자 하나 흥건히 젖어 있다

나는 아직도 골골 나를 떠나지 못했으니, 올챙이처럼 배불릴 애인이 생길 리 없으니

신이 앉아 있던 의자 하나를 완전히 망가뜨리고 있는 중이다

올가을은 몇 번이나 웃을까

염소수염을 가진 사내의 입에서 여자의 한쪽 빰이 새어나왔다 저기서부터 쓸쓸함의 영역, 물기가 있어서는 안 된다 여러 번 웃는 사람들이 문득 싫어졌다 사내의 염소수염이 서둘러 둥근 접시 위에 울음을 뱉었지만 돌돌 말린 사과의 붉은 기억 속엔 풀처럼 칼이 자라고 있다 두려워 말아요, 나는 더이상 곁에 없을 거예요, 마침내 당신 안에 있는 거예요

여자는 사내의 깜깜한 몸속에서 어떻게 허공의 피를 묻혔을까

늙은 사과나무 밑에 구덩이를 파고 누워 있는 사내의 옆구리 쿡쿡 찔러 나는 백 년쯤이면 새파랗게 날 선 칼 한 자루로 피어날 수 있겠지만 더이상 웃을 수가 없다 내가 나를 웃어넘기려면 당장 열 개의 손가락이 더 필요한데, 아무래도 사과는 사과 꽃으로 들어가는 문을 모른다

두 손으로 감싸 쥔 여자의 빰을 쪼개버리고 싶을 때가 있다

사과는 발그레 딱 한 번 웃는다

슬그머니

문득 눈을 떠보니 한 여자의 배 속에서 울음을 꺼내고 있었네 변기에 머리를 집어넣으면 어디론가 떠내려갈 수 있을 듯 몸이 가벼워진 저녁이었지만,

아무리 벗어던져도 서 있는 바지, 벽에 매달리는 바지, 스스로 벌 받는 바지, 못 박히는 바지, 남의 살과 남의 피를 뱉어내는 바지가 몽둥이를 휘두르며 앞을 가로막고 있었네

그러고 보니 내가 앉아 있어야 할 자리에 떡하니 사과나무가 서 있었네 내가 누워 있어야 할 자리에 사과나무가 발을 뻗고 있었네

바지 가득 잎을 매달고 살구나무라도 되고 싶었지만 입을 너무 많이 써버렸더군요 나는 언제쯤이면 바지 속에 발 대신 머리를 집어넣을 수 있을까요

그녀 몰래 바지를 내렸네 뿌리를 놓쳐버린 그녀의 눈동자 속으로 있는 힘껏 오줌을 갈기면서 밤새 하늘을 올려다보았네

평생 살아가면서 해야 할 고민이란 게 기껏 이런 거였네 이를테면 슬그머니 내린 바지를 올릴까 말까

달이 식기를 기다렸네

첫눈

마산 합성동 시외버스터미널 건너 술 취한 사내 하나 비틀비틀 눈 내린 뒷골목을 커다란 나무처럼 일으켜 세우고서는 끄윽 이거나 마셔라,

바지를 내리고 찌글거리는 물주전자를 꺼낸다 오줌발로 기어오르는 하늘이 얼룩덜룩 벽지 같은 밤, 헤엄치는 사람들의 동굴*에서 툭 떨어진 저 사내를 눈사람이라 불러주면 좀 따뜻해질 수 있을까

아저씨, 눈도 왔는데 연애 한번 하고 가셔요
조오치! 그런데 저기, 내 얼굴이 불타고 있는 거 안 보여
괜찮아요 난 간호사니까요

간신히 일으켜 세운 골목길을 구둣발로 퍽, 걷어찬다 연애 한번 하고 가라는 아가씨가 귤처럼 가만히 까놓은 달 한 조각씩 움켜쥐고 후두두둑 떨어지는 발자국들, 집으로 데려가기엔 너무 늦어버린 잎사귀들, 꼬치에 꿰인 물고기들처럼 잘 얼어붙은 숨소리들

이봐요 아가씨, 당신은 날 죽일 수 없소

두번째 귤을 까는 아가씨 배꼽으로부터 하얗게
사내의 숨은 다시 흩날릴 것이다

* 영화 <잉글리시 페이션트>에 등장하는 선사시대 동굴벽화.

고독의 뒷모습

쓰레기통 속에 콕, 처박힌 종이를 쳐다보는데 바르르 살이 떨리던 날로부터 나는 신발장 속의 신발보다 많은 발을 가진 웅덩이

내가 내 품에 안겨 있다는 느낌이 더러워 손발을 나누어 주었지만 차라리 벽돌이라도 구워낼 걸 그랬다 쌀쌀맞게 돌아선 여자의 등짝보다 단단하게

나는 아직도 나를 버리지 못했으므로 물 한 모금 마시고 힐끗, 하늘 한 번 쳐다보는 노란병아리처럼 노랗게,

나는 무사히 식어가는 중인데 바람 든 뼈와 살 사이 종잇장처럼 끼어 있던 죽음이 파르르 신발 한 짝 말아 쥐고 쓰레기통 속의 나를 앙상하게 엎질러놓는 저녁

아무런 병도 없이 수혈받은 남의 피를 콕콕 찍어 바른 저것들만이 내 것이었으니, 내가 가진 전부였으니, 물주전자 같은 내 몸의 코를 탱탱 풀어준 영혼이었으니,

사거리 부서진 공중전화 수화기가 누군가의 목을 움켜쥐고 축 늘어진 날로부터 내 피는 흙이다

나는 태어나 처음으로 내 몸이 마음에 쏙 든 것이다

하품

사월, 벚꽃나무 아래 김밥 싸놓고 싸웠다 김밥 한 줄 먹여
주지 못하고 애인이랑 싸웠다 명박이 때문에 싸웠다 병든
아비걱정 까먹고 공부 못하는 자식걱정 팽개치고 명박이 때
문에 싸우다니, 할 일이 그렇게 없냐고 햇살이 쿡, 쿡쿡, 눈
구녕을 찔렀다

씨발, 눈에 뵈는 게 없었다 거지발싸개 같은 봄날이었다
서로 살을 섞었지만 가보지 못한 곳이 있었다 이 비겁한 눈
구녕, 이 치졸한 눈구녕, 이 더러운 눈구녕, 썩고 썩어 곪아
터진 눈구녕 가득 애인이 폭삭, 늙어버렸다

저만치 개나리가 샛노랗게 웃었다 눈구녕 깊숙이

봇짐 내려놓고 나비를 풀어주었다

허브

자전거 탄 아이들은 어디쯤에서 해를 깨뜨리고 달을 낳을까 배드민턴 치는 노부부의 손가락 끝이 까맣게 타들어가는데 공원 벤치에서 깡마른 여자의 무릎을 베고 누운 남자의 저 곱슬곱슬한 머리카락엔 꽃이 필까 누군가 조화라도 갖다 놓겠지만 물은 누가 줄까

로맨스는 있지만 성감대가 없는 거울, 묘비 하나 세울 수 없는
내가 없는 나의 거울은 바람과 피가 통할지 몰라

그러고 보니 나는 너무 오랫동안 나무와 친했고 내가 엿본 여자의 발은 하나같이
새를 닮았다 그렇다, 밥만 없으면 백 년은 더 살 것 같은
내 형편을 생각하면 그리 놀랄 일이 아니다

거울 속으로 도둑이 드나들었다니,

살찐 거미의 식탁

눈물 쏙 빠진다 어미만 보면
허물어진 옆구리 어딘가 박혀 있던
못처럼 뾰족하게

어미 입만 쳐다보고 산 까닭일 것이다

가끔씩은 어금니가 엉금엉금
잠든 어미를 뒤집어쓰고 달팽이처럼
기어나오기도 했지만,

눈물 먼저 쏙 빠진다 어미만 보면
독기 품고 하늘로 솟아오르는
마늘 촉처럼

텅 빈 내 입천장에 박히려면
이것 좀더 드셔야 할걸요

쏙 빠진 눈물 몇 개 주워
어미 캄캄한 입으로 기어들어간다
벌러덩 드러눕는다

꽃다발을 빌려드립니다

시뻘겋게 달아오른 숯불 위의 먹장어들 사이로 지글거리는
여자의 혀,
처음엔 청학백합 꽃봉오리 감싼 솜털처럼 부드럽고
꽃술처럼 달콤하기 그지없었을 여자의 붓으로
어디 한번 쓰윽 몸을 쓸어보는데,

좋네,
입만 살아 쪽팔리는 이 나라 각하의 아들이 아니어서
정말 좆같은 자식이어서 좋은 거네 씹새끼들을 위해
꽃다발을 만드는 저런 어미들이 있어
아직은 먹고살 만한 세상이네

빛나는 쇄골 대신 검게 탄 꽃다발 머리에 이고
마라토너처럼, 헉헉

여자는 우는 게 아니라 가는 거네

혀를 깨물고 뛰지 않으면 한 자루 마른 붓도 아니어서
세상의 모든 바람을 싸리비처럼 움켜쥔 거네

숯불 위의 먹장어보다 먼저
시커멓게 타들어가는 여자에게
쯧쯧, 마른 혀를 보태던 주인할머니

문밖을 내다보네
눈보라에 쓰러진 자갈치꼼장어집 입간판을
말없이 일으켜세우네

여자와 함께 이팝나무에 묶어주네
꼬리를 살살 흔드는 개처럼,

헉헉 시들지 않는
꽃다발

밥의 도덕성

밥 온다 하루도 빠짐없이 꼬박꼬박

밥그릇 가지고 공갈치지 말라고 퉁퉁 불어터지는 짜장면과 짬뽕의 자유분방한 슬픔에 대해 짜장면을 시키면 짬뽕이 먹고 싶고 짬뽕을 시키면 짜장면이 먹고 싶은 거짓 없는 사랑에 대해 질질 침 흘리지 말라며

쥐뿔도 개뿔도 없이 방귀 뀌지 말라고 가끔씩 프라이팬을 들고 설친다

고급 레스토랑에서 바퀴벌레 들끓는 동네 허름한 중국집까지 법보다 발 빠른 밥이 굴러온다 밤에도 하얗게 와서 개똥참외처럼 무르익은 낯빛을 밝혀준다 해와 달에 양다리 걸친 애인을 위해

밥은 여기저기 개밥그릇처럼 뒹구는 얼굴을 화장실 변기 위에 평등하게 앉혀놓는다

오늘은 볶음밥이 왔다 남이 먹다 남긴 밥이 나를 모시러 왔다 나이가 몇 살인데 밥값도 못하고 사냐고 밥이 선택하는 것은 당신의 주머니 사정이 아니라 바로 당신이라고 뜨겁게 살을 건다 눈물 콧물 빠트려 장난치지 말라며 사람을 볶는다 들들

들들 볶아댄다

비늘

당신은 옷을 벗고 있는 중이고 나는 휘둥그레 뜬 눈을
당신의 배꼽에 매달고 있는 중이다 단추의 기원이다
당신과 나를 위해 세상이 잠시 눈을 감아주는 순간이 있다

물고기가 잘라버린 혀를 하늘에서 만진 적이 있다 늙은 오리 한 마리 뒤뚱뒤뚱 엉덩이를 노란 물주전자처럼 앉힌 자리, 팬지꽃 코르사주 장식이 달린 당신의 드레스가 물비늘로 촘촘해지는 동안

나는 당신의 등뒤에서 달을 꺼낸다 사랑에 빠졌다는 말의 아슬아슬하고 불온한 촉감, 뿌리가 썩기 시작했다는 것이다 도마 위에 오른 물고기처럼 숨을 팔딱거리며 부패의 각을 세운 거다 슬쩍 그림자를 벗어던진 새 떼들 아니, 바람에 꿰인 생선구이 한 접시 까맣게

까맣게 떠가는 하늘 한 귀퉁이 마침내 우리는 서로의 빈 곳으로 떠오른 것이다

길이 뒤엉킨 거미 배속에 걸린 날개를 만지작거리듯 침대 밑으로 벗어던진 당신 드레스와 내 줄무늬 양복은 애당초 단추가 달려 있지 않았던 거다 둥둥 어디로 흘러갈지 모를 몸을 바짝, 잡아당기고 있던 죽음의 각질

그러니까 사랑에 빠졌다는 말은 서로의 몸을 물처럼 통과하는 죽음을 여러 번 목격했다는 것이다 희번덕거리기 시작하는 한밤의 갈증, 제 그림자를 물에 적시지 않는 물고기들에게 비늘은 옷이 아니라 단추다

세상의 모든 눈이 반짝, 나와 당신의 급소를 꿰고 있다

사마귀들에게 쪽지 보내기

그러시죠 당신 또한 사마귀들에게 쪽지를 보내고 싶을 때가 있겠죠
나이는 별 상관없는 일 아니던가요 산다는 건 하루하루 사마귀들과 친해지는 일
작업이 힘들죠 나비의 날개에 천둥번개를 새겨 넣는 게 편할지 몰라요

그럼요 일단 예의부터 갖추세요
건강을 지키는 일 또한 목숨을 공모하기 위한 몇 가지 예의 중 하나인걸요
살인이나 죽음을 모의할 수 있는 권리 또한 마찬가지죠

시쳇말로 쪽팔려 죽겠어요 손바닥 위에 죽음을 올려놓고
물어라 물어! 사마귀에게 쪽지를 보내기 위한 예의를 지키기는커녕
내게 보장된 권리마저 찾지 못해 난리죠

이를테면 첫사랑에게 훔친 입술을 삭제하거나 아예 그 몸을 통째로 먹어치울 권리가 있고 남의 여자 젖무덤 깊숙이 묻었던 머리통을 깨진 수박처럼 꺼내올 의무도 있지만 나는, 내게서 너무 도망친 거죠

사마귀들과 한 살림 차리고 싶은 마음이야 꿀떡 같지만

산목숨인지 죽은 목숨인지 저기, 스와핑중인 나를 통 모르겠다는 거죠
차마 쪽지를 보낼 수 없다는 거죠

이제 막 사마귀들과 친해지려는 판에 오, 제발
예의 없는 놈이 되긴 싫은 거죠

쌀 씻는 남자

쌀을 씻다가 달이 우는 소리를 듣습니다

밤을 밥으로 잘못 읽은 모양입니다 달은, 아무래도 몰락한 공산주의자들을 위한 변기통 같습니다

아내가 없다는 게 얼마나 다행인 줄 모르겠습니다 속이 시커멓게 탄 사내에게 고독이란 밥으로 더럽힐 수 없는 쌀의 언어입니다 문득 살이 운다는 말을 떠올렸습니다 밤을 밥이라 썼다 지우고, 쌀을 살이라고 썼다가 지우는 사내의 입이 문밖 나뭇가지에 걸립니다

사락사락 밤을 함께 지새울 여자가 있다면 처녀가 아니었으면 좋겠습니다 언제나 불보다 물이 부족한 밥입니다 고물 전기밥통 가득 살이 타는 밤입니다

달이 생쌀 씹는 소리를 듣습니다

모기의 정체성

일말의 가능성 때문이다 하나뿐인 목숨마저 갖다버릴 수 있는 것은, 몸이 너무 달아 왈칵 피가 우는 순간 절정을 맞는 입술이다 그러니까 나는 뜨겁다 너무 뜨거워 울었다 맴돌았다 오로지 당신만을 울며 맴돌다 피를 거꾸로 세운 것이다

기억할 수 있을지 모르겠다 그날 밤 내가 원한 것은 수박의 붉은 속살이 아니었다 당신이 뱉어낼 씨였다 미안하다, 하나뿐인 목숨을 둘로 쪼개 파들파들 웃어주고 싶었다 눈물보다 체온이 높아진 온몸이 살살 부풀어올라 허공에 무슨 일이라도 저지를 듯

꽃이라도 살해할 수밖에 없었던 시간의 묘혈(墓穴)이다 사랑은, 오로지 당신을 뜨겁게 울며 맴돌다 절정을 맞는 모기의 가능성이다

꽃과 딸에 관한 위험한 독법

그러니까, 나는 한 번도 딸에게 꽃을 선물한 적이 없다
아파트 베란다 마른 빨래처럼 널린 여자들에겐 꽃을 안기고 물을 주었지만
무심했다, 하나뿐인 딸에게는 둥둥 그저 엉덩이나 두들겨주었을 뿐
발그레 익어가는 볼우물 가득 벌레나 풀어놓았을 뿐

꽃으로 읽었다 그러니까, 나는 하나뿐인 딸을 만나기도 전에
사랑해버린 것이다. 고백건대 딸에게 떠먹인 밥알과 꾸역꾸역 내가 삼킨
눈물에 관한 소유권을 주장할 수 없는 나는 바람의 문체로
씨앗을 퍼뜨릴 수 없는 곡절이다

꽃대처럼 가늘고 긴 딸의 목에서 무슨 색이 올라올지 무슨 노래가 깨어날지
벌레 먹은 입을 노루발 밑에 떨어진 꽃잎처럼
주절주절 흩뜨려놓고 사는 것인데, 내 품을 떠난
딸의 처녀성이라도 찾아오고 싶은 것인데

그럴 때면 눈이 빨간 산토끼처럼 꽃밭에 쪼그려 앉아 있는
내 성기를 발견하곤 한다

그러니까, 갈라선 아내가 키우고 있는 딸에게 모처럼 넣어본 전화를
꽃이 받는 순간의 낭패감이 찡— 눈을 찔러올 때마다
턱밑에 붉은 밑줄을 긋고 완성한 늙은 지붕 위로
깨진 화분처럼 몸을 올려놓았지만

꽃의 나이를 물을 수는 없다 그러니까, 나는 딸과 꽃 사이에서
길을 잃었다 못다 한 사랑은 그렇게 울컥, 나이를 먹고 나는
제대로 늙기도 전에 미치거나 시드는 꽃을
눈물로 잘못 읽은 것이다

해설

‘뒤죽박죽 박물지(誌)’의 시적 규약과 윤리

최현식(문학평론가)

"오브제의 상실, 파괴, 소멸을 말하는 오브제가 존재한다. 자기 자체를 말하는 것이 아니라, 다른 오브제를 말하는 오브제". 미술사적 관점에서 오브제(object)는 자연물과 인공물, 일용품 등에서 관습적 용도와 의미를 제거함으로써 인간과의 관계가 새롭게 재조명된 사물을 일컫는 말이다. 이런 견지에서 보면 오브제는 주체—작가에 의해 대상화되고 변형되는 수동적 객체—사물에 불과할 수도 있다. 그러나 J. 존스의 저 말이 시사하듯이, 오브제는 주어진 사물과 현실의 이면을 가로지름으로써 기존의 세계를 해체하고 재구성하는 비판적·능동적 발화체이다. 요컨대 변형됨으로써 오히려 변혁하는, 이상한 가역반응을 일으키는 객체적 주체인 셈이다.

이런 오브제의 미학이 흔히 목적하는 상징적·몽환적·괴기적인 소격 효과는 특정 시대의 것이 아니다. 기존 세계와의 불화와 갈등이 존재하는 한 오브제는 어느 날 문득 유령처럼 출몰하기 마련인 항상성의 존재이다. 그런 의미에서 감각, 환상, 그로테스크, 몸, 욕망, 혼종 들이 붐비는 우리 시 현실 역시 비유컨대 오브제의 세계라 하겠다. 질서와 균형, 미와 선, 공동체와 국가 따위의 이른바 이상적인 것들의 권력과 실체를 의심하고 이 '입바른' 세계를 뒤죽박죽 만들어버리는 의뭉스런 언어들의 작난(作難). 하지만 이때의 '뒤죽박죽'이란 명사는 숨겨진 타자와 세계를 드러내는 한편 역사현실의 비루한 풍경을 탈내는 '감각적인 것의 재분배'

라는 점에서 정치적이며 윤리적이다.

여기 김륭의 첫 시집 『살구나무에 살구비누 열리고』가 놓여 있다. 나는 유력한 시집 제목 중의 하나였다는 「캥거루 미술관」을 먼저 열어본다. 본문의 제시 없는 당돌한 질문 하나. 당신은 '캥거루'와 '미술관' 중 어디에 방점을 찍겠는가. '캥거루'는 단지 이름인가 아니면 무언가를 상징하는가. 그 방향에 따라 '미술관'이 구성하거나 해체하는 의미맥락은 무엇인가? 그가 동시(童詩)의 유력한 발화자(김륭은 동시집 『프라이팬을 타고 가는 도둑고양이』(2009)와 『삐뽀삐뽀 눈물이 달려온다』(2012)의 저자이기도 하다)임을 문득 환기시키는 제목은 이런 혼란과 선택 자체를 의미화할 것을 요구하며 스스로를 오브제로 정립한다. 그런데 어찌 된 일인지 「캥거루 미술관」은 "거울 속의 여자가 거울 바깥쪽의 여자를/ 주머니에 구겨넣고 있"는 황망하고 끔찍한 현실을 소환하고 있을 따름이다. 실체 없는 캥거루와 미술관(단지 어떤 그림을 보고 있다는 정도만 추측 가능하다)은 동시적 상상력은 물론 특정 의미소의 발현에 대한 기대 역시 무위로 돌린다.

하지만 '뒤죽박죽'의 현실은 "우린 한 번도 태어난 적이 없는 거죠?"(「캥거루 미술관」)란 가장 절실하고 위급한 존재의 실재 문제를 제기한다는 점에서 오브제의 역할에 충실하다. 존재에 대한 절대적 회의인 만큼 「캥거루 미술관」은 대단히 파괴적이거나 절망적인 페시미즘(pessimism)에

중독되어 있을 듯하다. 그러나 개별 시편의 제목을 구성하는 '오해' '불법' '거짓말' 따위는 이 시집이 현실의 수정과 재구성을 향한 언어수행의 일환일 것임을 묵시(默示)한다. 이 께름칙한 말들은 취향과 시각 충족을 부풀리는 '캥거루 미술관'의 전시적 기능보다는 다른 오브제(세계)를 말하는 제의적 기능의 수행이 김륭 언어의 전법(戰法)임을 스스로 주장한다. 비밀스런 내면의 주장보다 어딘가 모나고 기이하며 삐뚤어진 행위의 성찰이 『살구나무에 살구비누 열리고』의 오브제 형식의 대종을 이루는 것도 이와 무관치 않다.

가령 동일 시편의 일절 "살구나무에 옹알옹알 살구비누 열리고/ 백발성성해진 계집아이 하나 엉엉 울고 있어"는 어떤가? 산문적으로 번역한다면, 이것은 "똥 기저귀 찬" "치매 할머니"가 "생쥐처럼 비누 갉작대"다 화장실로 끌려가며 우는 장면을 묘사한 것이다. 여기엔 "두 살배기 계집아이"의 순진함과 해맑음으로 결코 되돌려질 수 없는 삶의 악무한이 기이하게 조곤조곤대고 있을 따름이다. 이 무심한 연민은 그런 의미에서 우리 삶의 본질을 "부도난 치부책"(「부도난 치부책」)의 일절로 기입하는 한편 그것을 끊임없이 펼쳐보게 하는 오브제의 내부적 구성물이 아닐 수 없다.

'뒤죽박죽'은 정상과 질서, 혹은 당위성이 뒤엉키고 전도된 상황, 곧 바람직한 관계와 가치가 허물어진 무질서의 세계를 지시한다. 언어의 자발적 충동에 의해 구성되는 오브제는 '뒤죽박죽'을 주어진 현실을 타격하는 미학적 실천으로 가치화한다. 반대로 '뒤죽박죽'이 주어진 현실일 때는 오브제는 정상성과 질서를 재구축하기 위한 기획적 성찰, 바꿔 말해 세계와 존재에 대한 방법적 사랑으로 작동할 가능성이 크다. 김륭의 언어는 '뒤죽박죽'의 생산이 아닌 그것의 응시와 개선을 지향한다는 점에서 후자의 자질이 우세하다. '뒤죽박죽' 세계의 주요한 주체와 대상이 가족과 여자, 아이, 비근한 자연물로 주어지며, 그것들 사이의 관계 전도 혹은 파탄이 일상의 영역을 거의 벗어나지 않는 것도 이 때문이다.

우는 아이의 입을 무덤으로 틀어막는다
여자는 아이의 피를 거꾸로 세운다
울음을 그쳤다, 꽃잎 속으로 파고드는
말벌처럼 아이는 몸을 오그린다
둥근 울음 바깥으로 불쑥불쑥 팔다리가
튀어나오지 않도록

(……)

아이가 여자를 두들겨 팬다 젖무덤이
퉁퉁 불어터지도록 여자가 운다
아이는 여자의 피로 영역을 표시한 다음
꽃으로 여자의 입을 틀어막는다

뼛속 깊숙이 밥물이 스민
여자의 목덜미 위로 뾰족 솟구치는
별, 아이에게 여자는 아무래도
너무 질기다
—「꽃과 별을 기록하는 밥의 생산성」 부분

밥을 억지로라도 먹이려는 엄마와 안 먹겠다고 투정부리는 아이의 다툼은 극히 일상적이다. 이 다툼이 가장 육체적인 형식의 친밀성 가운데 하나인 이유이다. 둘의 친밀성은 그러나 "우는 아이의 입을 무덤으로 틀어막는" 여자 대 "꽃으로 여자의 입을 틀어막는" 아이라는 조금은 괴기한 형식을 취하고 있다. 틀어막는 대상과 도구의 관계쌍인 '아이—무덤'과 '여자—꽃'은, 세대론적 관점에서는 '아이—꽃'과 '여자—무덤'이 보다 타당할 것이다.

이런 상식을 지지한다면, 여자와 아이의 싸움은 거꾸로 친밀성을 축적해가는 의도된 일탈의 문법일 것이다. 서로의 불량한(?) 행위가 '꽃'과 '별'을 생산한다는 게 그 증거이겠다. '무덤'과 '꽃'은 그렇다면 특정한 실체라기보다 서로(주체)에 비친 너(객체)의 감각적 이미지일 것이다. 두 이미지(오브제)가 엄마와 딸로 환원 혹은 치환되는 순간 '틀어막다'는 '열리다'와 '껴안다'로 문득 전환될 것이다(여자와 아이는 그들의 관계가 엄마와 딸로 치환될 때 발생하는 기존 세계의 재현과 귀환을 저지하기 위한 전략적 배치물인지도 모른다).

관계의 역전은 따라서 여자와 아이의 갈등을 전경화하려는 것이 아니라 둘의 관계성의 기원과 형식을 파고들기 위한 전략적 통로인 셈이다. "아이에게 여자는 아무래도/ 너무 질기다"는 "여자에게 아이는~"으로 바꿔도 언제나 유효한 진실이다. 인륜의 가치를 위협하는 오이디푸스의 딜레마가 횡행하는 현실이지만, 여자와 아이가 함께 짓는 '밥의 생산성'은 인간이 속해 마땅한 '순진한 자연'(쉴러)을 환기하는 본원적 기호인 것이다.

'뒤죽박죽' 세계를 성찰하는 김륭 고유의 미적 장치가 있다면, 단연 '피'와 '밥'의 능수능란한 코드화일 것이다. 피와 밥은 존재의 근원성과 관계성을 규정하고 조정하는 본원적 물질이다. 이를테면 식구(食口)가 그렇고 혈맹(血盟)이 그렇다. 한 입과 한 그릇으로 밥과 피를 나눈 자들 사이에서 벌어지는 치정과 배반은 윤리(倫理) 이전에 도리(道理)의 타락이다. 친밀한 관계의 사달과 파탄이 가십(gossip)의 조롱거리로 그치지 않고 만인의 지탄을 면치 못하는 것도 자연적 당위성으로서 도리의 엄격함 때문일 것이다.

물론 김륭의 '피'와 '밥'은 극한의 상황을 설정하는 방식으로 취해 마땅한 도리를 코드화하지는 않는다. 이 역시 일상적 수준의 관계의 뒤틀림과 혼란을 우울하게 고지하는 정도이다. 그러나 이런 소소한 현상의 편재야말로 '뒤죽박죽'의 기원이며, 그것의 영속성을 스멀스멀 밀고 가는 치명적인 힘에 가깝다. 살풍경한 현실에 대한 검토와 성찰 없는 도리의 코드화는 당위성의 계몽 이상을 벗어나지 못하는 법이다. 하물며 사랑도 그러한데, 현실을 괄호 친 도리의 강제와 횡행은 언젠가는 기어이 "지루한 거짓말"(「지루한 거짓말」)로 나가떨어질 것이란 예상은 불행하게도 진실일 가능성이 크다.

1) 감자인 내가 복숭아의 거짓말이 될 수 있다니,// 밥보다 당신을 사랑할 수 있다니,(「지루한 거짓말」)

2) 밥보다 오래된 독이 어디 있을까(「독사」)

3) 침대 밑에 떨어진 그녀의 그림자를 빵에 발라 먹습니다(「치즈」)

4) 화분에 물 주는 것을 깜빡 잊어버린 그녀를/ 철철 피 흘리게 하고(「포옹」)

5) 짝짓기가 아니죠, 사랑은/ 자작극이에요(「늙은 지붕 위의 여우비처럼」)

밥과 피의 생산성보다는 분열성이나 퇴폐성이 보다 두드러진 장면들이다. 이런 편향성은 여자와 아이의 관계에도 의

문 부호를 쳐야 할 근거가 된다. 하지만 부정한 것은 '밥'과 '피'가 아니라 그것을 돌리는 우리들이라는 사실이 「꽃과 별을 기록하는 밥의 생산성」의 해석에 대한 정당성을 부여한다. 이래저래 어긋난 우리들은 피와 밥의 선순환(善循環)을 고심하기보다 "그녀를 울어주고 싶은 게 아니라" "숨통이 끊어질 때까지" "물어주고 싶은" 욕망에 충실하다. 이 징후적 사태는 결국 타자('돼지')의 상징적 살해와 자아로의 동일시를 통해 "그녀의 그림자부터 끌어안는"(「포옹」) 오도된 사랑으로 귀결된다는 점에서 퇴폐적이다. 따라서 "사랑은 자작극"이란 통렬한 각성과 조소는 역설적으로 말해 관계의 결핍과 퇴폐에 처한 자아의 위기감과 그에 대한 각성이 동시에 반영된 말이라 할 만하다. 그러나 자아의 이런 양가적 입지 때문에 친밀한 다툼에 몰두중인 여자—아이의 울음의 가치화는 더욱 필연적인 것이 되며 오히려 바람직한 미래로 안착하는 것이다.

다시 강조하거니와, 서로 다른 사람들을 하나로 묶고 그래서 서로를 살리는 '피'와 '밥'의 본원성 박탈은 어김없이 존재의 허구성과 실체 없음을 폭로하기 마련이다. 관계의 일방성과 파편성이 심란하게 웅성거리는 자아의 일그러진 내면을 애처롭게 비춰내는 아래의 '깨어진 거울'을 보라.

자전거 탄 아이들은 어디쯤에서 해를 깨뜨리고 달을 낳을까 배드민턴 치는 노부부의 손가락 끝이 까맣게 타들어가는데 공원벤치에서 깡마른 여자의 무릎을 베고 누운 남자의 저 곱슬곱슬한 머리카락엔 꽃이 필까 누군가 조화라도 갖다놓겠지만 물은 누가 줄까

로맨스는 있지만 성감대가 없는 거울, 묘비 하나 세울 수 없는
내가 없는 나의 거울은 바람과 피가 통할지 몰라

그러고 보니 나는 너무 오랫동안 나무와 친했고 내가 엿본 여자의 발은
하나같이 새를 닮았다 그렇다, 밥만 없으면 백 년은 더 살 것 같은
내 형편을 생각하면 그리 놀랄 일이 아니다

거울 속으로 도둑이 드나들었다니,
—「허브」 전문

아이들과 노부부, 연인들을 바라보는 '나'의 시선은 자아의 사물화가 자신에게서 비롯되었음을 분명히 한다. 행위(로맨스)와 감각(성감대)의 불일치, 그것에 연동된 주체의 상실은 세계와의 소통마저 회의토록 하는 것이다. '나무'와 '새'는 따라서 자연 친화의 대상이기 전에 관계의 편향성과 일방성("내가 엿본 여자")을 심화시키는 일종의 장애물로 얼마

든지 읽힐 수 있다. 그래서 나는 "거울 속으로" 드나든 불행한 "도둑"을 주저 없이 시적 자아로 획정한다. 자아가 도둑의 신세를 면하려면, 피와 밥의 본원성을 사물화된 '나'와 새를 닮은 '너', 다시 말해 다른 오브제를 말하지 못하는 비근한 타자들에게 돌리는 것이 상책이겠다.

이제 이를 바라보고 실천하는 응시의 대상과 방법을 말해 볼 차례이다. 「허브」에 산견되어 있는 주체들을 하나의 테두리 속에 결속시킨다면, 주체가 지탱하고 또 주체를 지탱 중인 가족의 형식으로 현상될 것이다. 피와 밥이 가족의 기원과 관계를 생산한다는 말은 가족의 친밀성을 자명한 것으로 공표한다. 가족의 신화는 그러나 과연 자명하고 정당하기만 한가? 친밀성, 바꿔 말해 사랑의 형식은 가족 내의 위계질서와 권력의 차이 따위가 생산하는 폭력성과 억압성을 은폐하고 방어하는 오염된 단일성의 체계이기도 하다. 김륭에게 가족은 대체로 이런 의미에서 오브제의 대상이다. 하지만 그에게는 비정상적 관계가 생산하는 불협화음 자체("반백 년 전 아버지에게 살해된 여자의 시신")를 주목하기보다 그것을 "누군가에게 납치된 눈물을 꽃이라고 베껴 쓰"(「당신의 꽃밭에는 몇 구의 시신이 나올까」)는 재가치화의 욕망 또한 역력하다. 이런 태도는 '무서운 가족'의 현실을 외면하는 한편 가족의 이상성을 주술처럼 되뇌는 보수주의적 입장의 여전한 표명으로 비칠 우려마저 낳을 위험성이 있다.

그러나 피와 밥에 대한 시인의 관심을 상기한다면, 그에게 가족은 "꽃과 별을 기록하는" 친밀성을 추적하고 재생산하는 타자성의 현장으로 새롭게 부감되고 있다는 게 보다 타당한 이해일 듯싶다. 사적인 관심이 허락된다면, 첫 시집 『살구나무에 살구비누 열리고』를 출간하는 김륭은 이제 막 50대에 들어섰다. 이른바 베이비붐 세대의 한가운데를 차지하는 이 연령대는 한국에서는 복인 동시에 슬픔이다. 가장 안정적이어야 할 나이에 이들은 '거세된 꿈'을 안고 쫓겨가는 '사오정'의 동료들로 일찌감치 선고되었다. 폭력적인 타자화는 주체의 정체성 혼란을 조장하고 타인과의 정상적인 관계마저 소원하게 만드는 존재의 유곡이라 할 만하다. 이런 이유로 나는 김륭의 시에 자주 등장하는 실패하는 연애담을 낭만적 연애가 상정하는 자명한 친밀성을 의심하는 기제로 읽는다. 또한 '사오정'들의 사물화를 인증하는 증표로도 이해한다. 한데 여기에는 의미심장하게도 가족이 공통적으로 걸려 있다.

바람의 붉은 속살이 된 내가 신발 줍는 일에 골몰하는 동안 쌍꺼풀이 풀린 여자는 가만히 손을 풀어 척척, 지붕 위에 새 울음소리를 널어놓았다

나는 여자에게 요즘은 너무 자주 구름이 얼굴을 만지온다고 말했다

우물을 파지 못한 여자의 두 뺨이 녹슬기 시작했다
—「구름의 연애사」 부분

생물학적 관점에서 말한다면, 모든 연애는 생식 본능, 다시 말해 자기 족속의 생산을 목적한다. 가족은 이것이 제도화된 형태이며, 인간들은 생식적 행위를 심미화하기 위해 그곳에 끊임없이 문화적 위엄을 부가해왔다. 이를테면 낭만적 연애는 자유로운 사랑과 사랑의 영원성, 그를 통한 개아(個我)의 실현이란 이상을 근거로 계급과 가문에 기초한 전근대의 공식(公式)적 결연을 혁파했다(고 믿어졌다). 그러나 자유연애가 낳은 낭만적 사랑은 개인적 성취의 수단이자 징표라기보다는 근대성에 부합하는 여러 의무와 책임을 새롭게 배열한 것이라는 견해 또한 존재하는 것이 현실이다.

J. 살스비에 따르면, 낭만적 사랑은 한편으로는 사회적으로 받아들여지는 행복한 사랑으로, 다른 한편으로는 이룰 수 없는 불행한 사랑으로 양분된다. 불행한 사랑은 반사회적이고 파괴적인 정열의 탓이기도 하지만, 그에 못지않게 가장 관습적인 형태로 길들여지는 것을 원하는 가족제도와 충돌한 결과이기도 하다. 그러니 행복한 사랑 또한 사적이면서도 사회적으로는 잠재적 파괴성을 지닌 수많은 감정의 드라마를 순화하거나 사회적 요구에 합치시킴으로써 획득되는 것일 가능성이 크다.

「구름의 연애사」는 어느 모로 보나 불행한 사랑에 대한 진술이다. '나'와 '여자'를 연애의 당사자들로 보는 것은 분명 과도한 추정이다. '나'의 시선은 불행한 여자를 이해하고 위안하는 연민 내지 동정(sympathy)에 오히려 가까울 것이다. 여자의 불행은 추측컨대 "여자의 자궁 속에 별을 피우고 눈물을 갈아 끼우고" 하는 '달'이 등장하는 것으로 보아 어떤 식으로든 가족 제도와 관련되어 있을 듯하다. 일종의 유미적 행위이자 개인적 정서의 고립을 해소하는 행위로서 "내가 신발을 줍는 일"이 "새 울음소리를 널어놓"는 여자의 슬픔과 등가관계를 형성하려면, 나의 행위 역시 사회적 맥락 속에 놓일 필요가 있다.

직장의 상실과 연관된 '사오정'의 패배담을 굳이 환기하지 않더라도, 가족 제도는 언제나 '친밀한 적'을 생산하고 유지하는 내부적 반란의 참호일 수 있다. 다시 J. 살스비의 말을 빌린다면, "낭만적 사랑, 전체적인 결합을 위해 규정되는 역할, 성적인 충성, 그리고 부부와 자녀 이외의 유대에 대한 거부 등"은 행복한 가정(핵가족)을 구성하는 핵심요소에 해당한다. 그러나 가족 간의 상호개입과 서로에 대한 의무라는 덫은 진부하고 의례적인 가족을 만들거나 그것을 위반한 구성원을 내쫓아 가족을 해체하는 비극적 원리이기도 하다. 지당한 말씀이지만, 개성을 충분히 존중하며 주체의 자유(자율)를 친밀성과 안전성에 결합시키는 개방적 · 윤리적 가옥이 구축되지 않는 한 '여자'의 눈물도, 다음과 같은 '나'의 뒤죽박죽인 불행도 오랫동안 사라지지 않을 것이다.

모든 칼은 한때 꽃이었다 바람의 발바닥을 도려내던 머리맡에서 피보다 진한 눈물을 도굴했다 나는, 그대 몸 가장 깊숙한 곳에서 방금 태어났거나 이미 죽어나간 구름이다

해바라기 꽃대에 목을 꿴 그대 눈빛을 보고 알았다 바람에 등을 기댈 수 없는 꽃은 칼이 되는 법 내·사랑은 구름 속에 꽂혀 있던 당신을 뽑아 나무의 허리를 베고 새의 날개를 토막—치면서 시작된 것이다

—「살부림」 부분

나는 당신의 등뒤에서 달을 꺼낸다 사랑에 빠졌다는 말의 아슬아슬하고 불온한 촉감, 뿌리가 썩기 시작했다는 것이다 도마 위에 오른 물고기처럼 숨을 팔딱거리며 부패의 각을 세운 거다 슬쩍 그림자를 벗어던진 새 떼들 아니, 바람에 꿰인 생선구이 한 접시 까맣게

까맣게 떠가는 하늘 한 귀퉁이 마침내 우리는 서로의 빈 곳으로 떠오른 것이다

—「비늘」 부분

『살구나무에 살구비누 열리고』는 사물 주어의 형식을 취

하거나 의인화된 사물을 채용하는 시편들이 적잖다. 서정시 특유의 '서정적 거리의 결핍'을 얼마간 피하면서 시의 현장을 객관화하려는 의도일 것이다. 따라서 우리는 인용 시에 나타난 낭만적 사랑의 실패를 시인의 것으로 귀속시킬 필요는 없다. 다만 '뒤죽박죽 박물지'의 주요한 기원 가운데 하나가 안정과 화합을 빌미로 사랑의 개성적 음역을 거부하는 집단적인 관습과 규율들에 있음을 기억해두기로 하자. 거기에 길들여지거나 억압되는 한 "당신과 나를 위해 세상이 잠시 눈을 감아주는 순간"은 "세상의 모든 눈"에 "나와 당신의 급소"가 꿰어지는 비극적 찰나이기도 하다. 그 순간 우리의 안정과 화합은 "둥둥 어디로 흘러갈지 모를 몸을 바짝, 잡아당기고 있던 죽음의 각질"(「비늘」)로 변성(變性), 우리 삶을 "전생에 파놓았던 구덩이"(「포옹」) 속에 폐절시킬 것이다.

욕망의 주체는 말할 것도 없이 결핍이다. 김륭이 기억하는 가족의 형상 역시 이상적인 것과는 거리가 멀다. 그럼에도 불구하고 그는 인용 시에 표상된 사물화를 극복하고 영혼을 치유할 성소로 삶의 악다구니가 그렁그렁한 부모의 삶을 곧잘 지목하고 있다. 이런 사랑의 형식은 연민을 넘어, 부모의 궁핍한 삶조차 '뒤죽박죽 세계'의 개선과 보정에 기여할 수 있음을 긍정하는 신뢰와 맞닿아 있는 것이다. 희생과 자애로 표상되는 어머니는 물론, '고래'를 입고 사는 아버지의 형상에서도 연민과 신뢰의 정서는 여지없이 발견된다.

털썩, 주저앉아 바닥 칠 수 없는 문밖의 자귀나무를 갈비뼈 삼아 본색을 드러내는 당신은 라면 박스 안 새끼 고양이 같아서 우리 어머니 죽어서도 고삐를 놓지 않을 송아지 같아서 운다 자꾸 울어서 죽음마저 깨운다

울어라 울지 않으면 바람이 아니다 살아서 울지 않으면 사람이 아니다

—「바람의 육체」 부분

이른바 정한(情恨)으로 표상되는 한국적 심성은 어머니의 비애와 눈물을 고통과 인내의 형식으로 육화하는 방식에 익숙하다. 이를테면 "밭고랑에 나앉은 어머니 젖꼭지에 감자 물려 감자밭이다"(「부도난 치부책」)나 "한평생의 울음이 입속 석순으로 자랐겠지요"(「몽니」)와 같은 김륭의 발화 역시 예의 형상에 해당한다. 「바람의 육체」는 그러나 '나'와 '어머니' 사이에 '바람'을 개입시킴으로써 실존에 대한 연민과 미래의 애도를 객관화한다. "어제를 성큼 들어서는 당신", 곧 '죽음'을 전달하고 깨우는 '바람'은 일차적으로 '어머니'를 과거로 침윤시키는 시공간적 장애물이다. 하지만 면면히 흐르는 바람은 '어머니'를 자아의 내면으로 부단히 밀어 올린다는 점에서 모자(母子) 관계의 현재성과 영원성을 매개하는 생령이기도 하다. 이 순간 '어머니'는 이승과 저승의 한

계를 동시에 돌파하고 넘나드는 오브제, 곧 "바람의 육체"로 스스로 변신하여 '나'에게 늘 이렇게 말하게 된다: "문쪼매 열어보거라".

간과 쓸개를 다 빼주고도 물먹은 명퇴 아버지에게 세상은 공중누각이었을까 펑펑 눈발 날리는 황태덕장이었을까

멈추지 않는 길에서 배가 뒤집어진 아버지의 낡은 구두 한 짝, 내장을 빼낸 다음 낮엔 녹이고 밤새 얼린 황태 한 마리 어머니 치맛자락에 매달리고 드르렁 드르렁 푸, 푸후 푸후 내 등에 업혀 코 고는 아버지에게

고래가 사는 바다는 얼마나 멀까
아버지를 벗어내린 고래 한 마리
—「황태」 부분

주사를 부려대며 가족을 곤혹한 상황에 몰아넣는 아버지에게서 오브제의 순정한 역할을 구하는 것은 기대난망이겠다. 그러나 아버지가 시쳇말로 막장의 현실에서 "낡은 구두"와 '바지'를 수없이 벗어대며 가부장의 역할에 충실했음을 부인할 수는 없다. 그의 가정에는 따뜻한 사랑만큼이나 무서운 권위와 억압 역시 분주했겠지만, 그래도 자신의 "고

래가 사는 바다"를 포기함으로써 적어도 자식들에게는 고래의 자유로운 유영을 허락하고자 했을 것이다. 그런 까닭에 아버지의 실패는 실패가 아니다. 아버지가 다른 오브제를 말하는 오브제일 수 있다면, 자신의 실패조차도 "고래가 사는 바다"에 대한 자식들의 꿈으로 재전유시키는 거울이었기 때문이다. "로맨스는 있지만 성감대가 없는 거울, 묘비 하나 세울 수 없는 내가 없는 나의 거울"(「허브」)의 형식으로 아버지를 함부로 재단하거나 변환할 수 없는 이유가 여기 어디 있을 것이다.

오늘은 사랑에 빠졌다는 당신의 달콤한 계단이 되어보기로 한다 사랑이 밥 먹여주냐, 욕 대신 꽃을 퍼붓는 배고픈 짐승들의 가래침은 튜브에 담아 무릎 다친 골목의 연고로 사용하기로 한다

(……)

반짝, 창문이라도 달아낼 듯 치통은 걸어다니고 머리칼은 자꾸 넘어지는데 까칠해진 턱수염 밑에 쪼그리고 앉아 담배에 불이나 댕기는 당신의 아랫도리를 어디 한번 꾸—욱 눌러 짜보기로 한다
—「치약」 부분

가정(假定)의 형식으로나마 사랑에 대한 신뢰는 아름답고 생산적이며 또 절실하다. 이 사랑이 낭만적 연애의 신민이기보다 타자성 수렴의 시민에 가깝다면, 그것은 이를테면 또 다른 치약의 경험이 건네준 성찰의 결실 때문이다. "치약이 다 떨어졌다며 허리 쭉 찢어발긴 튜브를 집어던지곤 치카치카 양치질"(「치약의 완성」)하는 아버지의 태도는 어머니와 자식들을 향한 것이기도 했다는 게 화자의 전언이다. '나'의 치약은 그 아리고 매운 '아버지'의 치약을 수정하고 대체하는 카운터 오브제로서 손색이 없다. 물론 '나'의 치약은 이제 간신히 뚜껑이 열린 상황이니 그것의 완성된 형상은 미래의 소속이다. 이는 김룡만의 오브제가 아직은 불확실하거나 불확정적인 미학의 장(場)에 놓여 있음을 의미한다.

그렇다면 우리는 시인의 양치질에 담긴 의미, 그러니까 "아버지가 되는 일에 대하여, 금을 뒤집어씌운 아버지 이빨 사이에 낀 개돼지들과 칫솔을 나눠 쓸 수 있는 방법에 대하여"(「치약의 완성」) 질문을 던지지 않을 수 없다. 특히 "개돼지"들로 상징되는 끔찍한 타자들과의 접속과 교감, 혹은 갈등과 성찰의 방법에 관하여. 이 세계는 김룡 고유의 '뒤죽박죽 박물지'를 써나가고 편찬하는, 다시 말해 시인이 주어진 오브제의 해독자(解讀者)가 아니라 "장미 한 다발 사들고/ 칼 받으러"(「살부림」) 가는 그런 오브제의 제작자로 진화하고 있음을 증례하는 시적 규약과 윤리의 자리일 것이다.

새장 같은 소녀들의 얼굴을 들고 소년들은 앞이 잘 안 보인다는 듯 눈을 비벼대고, 볼이 빨갛게 달아오른 소녀들은 손바닥으로 해를 가리고

나무가 집어던진 새를 차곡차곡 가방 속에 집어넣은 다음에야 버스에 오르는 한 무리의 소녀들과 소년들이 날갯죽지 부딪칠 때마다 덜컹거리는 하늘, 랄랄라

지붕 위에 구름을 쏟진 말아야지
—「나무가 새를 집어던지는 시간」 부분

빈 옆구리 기웃거리던 바람이 요즘은 자주 얼굴을 만지작거립니다 그러고 보니 거울보다 먼 산을 쳐다보는 일이 많아졌습니다 툭툭, 내 것이 아닌 몸을 뱉어놓고 파닥거리는 날이 종잇장처럼 얇아졌습니다

내가 던진 말에 준동(蠢動)하던 당신의 겨드랑이 밑으로 구름의 내장까지 여기서는 환하게 다 보입니다 용서하십시오 아직 꽃대를 발견하지 못한 마른 입술 한 장이 오늘은 저만치 돌덩이 위에 돌아앉았습니다
—「나비의 시간」 부분

"나무가 새를 집어던지는 시간"은 명랑하다. 누군가들은

되바라졌다고 쑥덕거릴 것임에 틀림없는 어린 청춘들은 이 전도된 세계를 통과해가며 성장하고 또 연애를 즐길 것이다. 이 세계의 표어로는 아마도 "모든 사랑은 꽃의 신경조직과 무당벌레의 눈을 가졌다"(「살부림」)가 적절할 것이다. 이 모든 미래의 꽃밭을 일구는 소년소녀들의 노동과 사랑만한 정직한 윤리와 황홀한 생산성이 또 어디 있겠는가? 스스로 오브제를 사는 소년소녀들에게 환호작약하는 것은 따라서 최소한의 예의이자 의무이다. "나비의 시간"은 그러므로 우리가 소년소녀들과 연대를 구축하는 순간 "준동하"는 시적 계시라 할 만하다.

"나비의 시간"은 그러나 현현되는 동시에 연기되고 부서지는 '덜컹거리는 시간'이어야 한다. 그것이 스스로가 아니라 타자를 말하는 오브제의 윤리이자 운명이다. 거기서 듣게 될 "나비의 날갯짓에 바느질 자국이 있다는 소식"(「나비의 시간」)은 자꾸 안존하려는 우리를 찔러 상처내고 우리에게 도저히 지울 수 없는 흉터를 남길 것이다. 이것이 "아직 꽃대를 발견하지 못한 마른 입술 한 장"을 사랑하는 방식이고 "내 것이 아닌 몸을 뱉어놓"는 오브제의 산출법이다. 이 무섭고도 아름다운 시간들을 살아가는 '뒤죽박죽 박물지'는 과연 언제 어디서 어떻게 새로이 또 오시려는가.

김륭 경남 진주에서 태어났다. 2007년 문화일보 신춘문예에 시가, 강원일보 신춘문예에 동시가 당선되어 등단했다. 동시집 『프라이팬을 타고 가는 도둑고양이』 『내 마음을 구경함』, 청소년시집 『사랑이 으르렁』, 동시평론집 『고양이 수염에 붙은 시는 먹지 마세요』 등이 있다. 문학동네동시문학상, 동주문학상, 지리산문학상 등을 수상했다.

문학동네시인선 021
살구나무에 살구비누 열리고

1판 1쇄 2012년 6월 25일
1판 5쇄 2023년 5월 22일

지은이 | 김륭
책임편집 | 김민정
편집 | 김필균 강윤정 김형균
디자인 | 수류산방(樹流山房) 본문 디자인 | 유현아
저작권 | 박지영 형소진 최은진 오서영
마케팅 | 정민호 김도윤 한민아 이민경 안남영 김수현 왕지경 황승현 김혜원
브랜딩 | 함유지 함근아 박민재 김희숙 고보미 정승민
제작 | 강신은 김동욱 임현식
제작처 | 영신사

펴낸곳 | (주)문학동네
펴낸이 | 김소영
출판등록 | 1993년 10월 22일 제2003-000045호
주소 | 10881 경기도 파주시 회동길 210
전자우편 | editor@munhak.com
대표전화 | 031) 955-8888 팩스 | 031) 955-8855
문의전화 | 031) 955-3576(마케팅), 031) 955-2678(편집)
문학동네카페 | http://cafe.naver.com/mhdn
인스타그램 | @munhakdongne 트위터 | @munhakdongne
북클럽문학동네 | http://bookclubmunhak.com

ISBN 978-89-546-1835-9 03810

* 이 시집은 2007년도 한국문화예술위원회 창작지원금을 수혜하였습니다.

문학동네